悪役令嬢はヒロインを虐めている場合ではない 1

四宮あか

Aka Shinomiya

Regina

レジーナ文庫

登場人物紹介
ジーク
レーナの婚約者で
公爵家子息。事なかれ主義で、
他人に興味がなく、レーナの
顔すら覚えていない。
レーナ
自由奔放でガッツのある悪役令嬢。
魔力量と学力は少々低め。
転生先の乙女ゲーム世界で
気ままに生きたいけれど、なぜか
事件ばかりに巻き込まれて……

アイベル
学園の医務室の先生。
小太りだが、動きは機敏。
アンナ
レーナの取り巻きの一人。
抜群のスタイルの持ち主。
しっかり者で少し心配性。
ミリー
レーナの取り巻きの一人。
おっとりした性格。時々
ものすごい失言をする。
フォルト
レーナのはとこ。
ツンデレで世話焼き。
ぶつぶつ言いながらも、
なにかとレーナを
助けてくれる。
シオン
攻略対象の一人。
教会の神官で聖魔法の使い手。
可愛い外見に反してドS。

目次

悪役令嬢はヒロインを虐めている場合ではない1

プロローグ

世の中には、ツイている人とそうじゃない人がいると思う。悲しいけれど、いつも貧乏くじを引いてしまう——それが私。

「——まったく。本当に遥はお人好しで、お節介なんだから。面倒事に巻き込まれないように気をつけなさいよ」

隣を歩いている友人が、呆れた目で私を見つめた。

彼女の言うことはまったくもってその通りだから、私は言葉に詰まり目をそらす。

先ほども車に轢かれそうな猫を助けようとして、思いっきり引っかかれたのだ。

致命的な事態に陥ったことはないが、やはりツイていないというのは辛い。

友人の視線から逃れるように、私は最近はまっている乙女ゲームについて話し始めた。

目を輝かせる私に、友人はやれやれと首を振ってから、『今回のも面白いゲームなのね』と優しく微笑む。

運はないけれど、友達には恵まれてよかった。

そんなことを思いながら、地下へ続く階段に一歩踏み出した、その時——

私の足元にぽっかりと暗闇が現れた。

「きゃぁ!?」

突然の出来事に悲鳴をあげる。

救いを求めて、私の隣にいる友達を見る。しかし、今にも大きな穴に落ちようとしている私がまるで見えていないように、友人は先へ先へと歩いていく。

「待って、行かないで！」

友人が振り返ることはなく、彼女に向かって必死に伸ばした手は、虚しく空を切った。

そして私は、真っ暗な穴へ吸い込まれたのだった。

——身体がとてつもないスピードで落下していく。このまま地面に叩きつけられたら、ただではすまないだろう。

その瞬間に備えて、きつく目を瞑った。しかし、なぜか衝撃は一向に襲ってこない。

おそるおそる目を開ければ、驚いたことに、私は地面に立っていた。

どうなっているの……？

ゆっくりと辺りを見回すと、青々とした木々とレンガ造りの噴水が目に入った。

公園のようだけれど、この場所に心当たりなんてない。第一、先ほどまで駅に向かって歩いていたのに、なんでこんなところにいるのだろう？

友人を探して周辺をキョロキョロと眺めるものの、もちろん彼女の姿はどこにもない。

「どうなっているの……」

状況が呑み込めず、思わず地面にへたり込んだ。

友人は見当たらないし、見覚えのない景色に不安が込み上げてきて、いい歳をして泣きそうになる。萌える若葉の間を通り抜けた風に、私の髪がなびいた。

「あの……大丈夫ですか？」

突然、誰かが私に声をかけてきた。驚くと同時に、こんなところで大人が泣いているのは変だと、反射的に返事をする。

「大丈夫です。すみません」

手早く指で涙を拭い、顔を上げる。

目の前にいたのは、美しい茶色の長髪が目を引く、可愛らしい少女だった。髪と同じ色の透き通った目は、垂れ目気味で愛嬌がある。いわゆるたぬき顔だ。青いワンピースタイプの制服と、ポンチョがとても似合っていた。

「――っ！」

ちょっと待って、私、この子を知っている。

彼女、どう見ても私がやり込んでいる乙女ゲームのヒロインじゃないの！　……やっぱり、穴に落ちた時に頭を強く打ってしまったのかもしれない。

怪我をしていないか確認するために、自分の身体に視線を落とした。

「なによこれ！」

目に入った自分の姿に、思わず大きな声をあげる。

なんと、私が着ているのはヒロインと同じ制服で、なにより髪が日本人ならお馴染みの黒色ではなく、金髪縦ロールになっていたのだ。

「大丈夫ですか？　レーナ様」

すると、これまた見覚えのあるふんわりとした青い癖毛の女の子が、ヒロインを押しのけて心配そうに私の顔を覗き込んだ。おっとりとした雰囲気で、口元のほくろが魅力的な可愛い少女である。

……嘘でしょ。この子は、ゲームの悪役令嬢の取り巻きのミリーじゃない。

「ええ、大丈夫です」

咄嗟に平静を装う。

落ち着いて、落ち着くのよ、私。まずは、今私が置かれている状況を整理しなきゃ。焦るのが一番よくないの。こういう時はまず一度深呼吸をして、物事をよく考えてから行動するのが大事。

私を不安そうに見つめる少女を交互に見遣る。

信じられないけれど、私の目の前にいるのは大好きな乙女ゲームのキャラクター達なのだ。そのうちの一人――ミリーが、今の自分の状況を知るための最大のヒントをくれた。

『レーナ様』と。

もう一度確認した私の髪はやはり見事な金髪縦ロール。そして私も彼女達と同じように、ゲームの中で見た制服を着用している。

嘘よ、あり得ない。

――私は、乙女ゲームの悪役令嬢になってしまったのだ。

一　悪役令嬢になった私

等間隔に植えられた木々は手入れが行き届き、地面に並んだ石畳の模様は見たこともないほど美しい。それもそのはず、私が今いる場所は普通の公園ではない。

信じられないけれど、私は大好きな乙女ゲームの悪役令嬢『レーナ』になっていた。

とすると、今私がいる場所は、乙女ゲームの舞台――『王立魔法学園』のはず。

問題の乙女ゲームは、『王立魔法学園』を舞台に、学園生活を通してイケメンとの恋を楽しむ恋愛シミュレーションゲームだ。

ちなみに『王立魔法学園』とは、この国に住む一定以上の魔力を持つ十三歳以上の子供達が、その名の通り魔法について学ぶ六年制の学校である。

魔力持ちは貴族に多い。しかし庶民の中にもごく稀に魔力を有する者がいて、一定の魔力水準を満たしていれば庶民も学園に通うこととなる。

ゲームヒロインは庶民ではあったものの、高い魔力を有していたため学園に通うことになった生徒の一人だ。

そんなヒロインの前に事あるごとに立ち塞がるのが、今の私であり、このゲームの悪役令嬢――レーナ・アーヴァインである。

アンバー領を治める公爵家の一人娘である彼女は、つり目気味の猫っぽい顔立ちで、いつも自信に溢れた勝気な表情をしている。緑色の瞳に美しい金髪で、髪型はしっかりと巻かれた縦ロールだ。

レーナには二人の取り巻きがいる。先ほど心配してくれたミリーとアンナという子だ。二人ともいい胸を持っているが、レーナはささやかな胸の持ち主なのであった。

そして、レーナにはジーク・クラエスという大好きな婚約者がいた。クライスト領を統治するクラエス公爵家の嫡男である彼も、この乙女ゲームの攻略対象の一人だ。

ジークルートでは、彼と仲良くなるヒロインに嫉妬して、レーナは取り巻き二人とともにヒロインを自分の婚約者に近づけまいとあれこれと画策する。

ジークを取られないよう必死に奮闘したレーナだったが、残念ながらこのゲームの絶対的ヒロインには敵わなかった。

ヒロインに対する行き過ぎた行動を指摘された取り巻き二人は、学園の品位を落としたとして、学園を追放されてしまう。取り巻きが誰もいなくなり、たった一人になっても、めげずに嫌がらせを続けたレーナの結末は悲惨だった。

卒業前の最後のダンスパーティー。よりによって公衆の面前で、これまでレーナがヒロインにしてきたことを暴露されてしまうのだ。

レーナの婚約者である、ジーク・クラエスによって――

なお、ヒロインとジークが親密になっていくのを面白くないと思っていたのは、レーナだけではなかった。平民であるヒロインが、憧れの君と仲良くなることに納得できない女子生徒がたくさんいたのだ。

そうしてそんな生徒達が行った嫌がらせまで、いつの間にかレーナが行ったことになっていた。

レーナはそれはやってないと弁明したが、すでに悪評が立っている彼女の言葉など皆が聞くはずがない。

婚約者をヒロインに奪われただけでなく、レーナは公爵令嬢としての立場も滅茶苦茶にされた。

『そんな、そんな』と繰り返すが、庇ってくれる者は誰一人いなくて。大勢の前で恥をかかされ、婚約破棄を言い渡されたことで、社交界においてレーナは死んだも同然となった。

その後、レーナはひっそりと学園を去ったが、それから彼女が幸せになれたとは思えない。次の婚約はおろか、彼女の人生がどうなるかを考えると、暗い未来しか浮かばない。

だがレーナになってしまった以上、私はレーナとして生きていくしかないのだ。どうにかして、その暗い未来を回避しなくては……

私があれこれ考えている間に、目の前で話が進んでいく。

「貴方が、いつも馴(な)れ馴(な)れしく話しかけていたジーク様は、レーナ様の婚約者ですよ」

どこかで聞いたことのある台詞(セリフ)にギョッとした。

そういえば、どうして王立魔法学園の中庭にヒロインと悪役令嬢レーナがいるのかと思えば……これはジークルートを進めると必ず発生する、レーナと取り巻きがヒロインを突き飛ばす虐(いじ)めイベントじゃないの⁉

そわそわとする私の後ろから一歩前に出て、ヒロインに詰め寄る少女。中性的な顔をした彼女は、レーナのいつも右側にいる、もう一人の取り巻きのアンナだ。

赤い長髪を高い位置で一つに縛(しば)っており、ヒールを履(は)いているせいもあるが、身長はレーナより十センチは高そう。スラリとしたスレンダーボディーのくせに、胸だけはしっかりとある。

ずっとレーナの傍にいてくれる、取り巻きの鑑(かがみ)のような女の子だ。

このままこのイベントを止めずにいると、アンナはヒロインを突き飛ばしてしまうはず。

レーナとアンナとミリーの三人で、ヒロインを呼び出し、嫌がらせをしたことは後々問題になる。そして、ヒロインを突き飛ばしたアンナは、学園を去ることになってしまう。

これ以上ごちゃごちゃ考えるのは後だわ、とにかく突き飛ばすのを止めなきゃ！

「アンナ、ミリー、そんなことよりもお茶にしましょう。私、疲れてしまいました」

「「えっ！」」

私の言葉に、二人が目をまん丸に見開いて、勢いよく振り向いた。

「あ、あの、ですがレーナ様……」

ミリーがおずおずと私に話しかける。

わざわざヒロインを人の少ない中庭に呼び出したのだから、これから彼女を懲らしめるのは明らか。なのに、レーナである私が、『お茶にしましょう』と言ったので二人は困惑しているようだ。

アンナとミリーはお互いの顔を見合わせ、『呼び出したのになにもしないの？　この後どうすればいい？』と視線でやり取りをしている。

「二人の言いたいことはなんとなくわかるわ。でも、最終的にお相手を決めるのはジーク様ご本人。近寄ってくる方をいちいち引きずり下ろさないと、婚約者の立場を維持できない相手では長続きしませんわ」

「ですが、レーナ様はそれで本当にいいのですか？　もしジーク様が彼女を……」

皆まで言わなかったものの、暗にジークがヒロインと結ばれることを気にするアンナ。

彼女の心配はもっともだ。

しかし、ヒロイン虐めイベントを進行させるわけにはいかない。

だって、このゲームをプレイした私は、このまま進んだ悪役令嬢レーナが、最後どうなるのか知っている。

ゲームのシナリオを本当に変えることができるのか、正直わからない。

でも、このまま黙ってシナリオ通りの展開になることは避けないと。

だって、私は今、ヒロインとしてゲームをプレイしているのではなく、悪役令嬢レーナとしてこの場に立っているのだから。

レーナみたいな辛い末路を辿るのはまっぴらご免よ。だからこのヒロイン虐めイベントは不発で終わらせてみせる。

「ジーク様が気にしていらっしゃる方の顔を、じっくりと見てみたかったのです。……二人は心配性ね。確かに、婚約者に捨てられたと陰では言われるかもしれません。でも他の女性に目移りするような殿方と結婚して、幸せになれると思えませんもの」

そこまで言ってアンナとミリーを見ると、二人は眉尻を下げて私を見つめていた。そんな二人を安心させるために、小さく笑みを浮かべて続ける。

「なにも男性はジーク様だけではありませんから。それでは、私の考えをわかってくれたわね。突然呼び出されて、貴女も怖い思いをしたことでしょう、ごめんなさいね。二人とも私のことが心配だっただけなのです。それでは、二人とも行きますよ」

「「はい!!」」

お約束の『二人とも行きますよ』という台詞を言うと、二人は同時に返事をして慌ててついてくる。

ちらりと後ろに目を走らせると、ヒロインをはじめ、周囲で私達を窺っていた人々が、呆気に取られた様子でこちらを見つめていた。

これで、この現場を見ていた人が、私達がヒロインを取り囲んで虐めていたとジークに密告することは防げたはず。アンナもヒロインを突き飛ばさなかったしね。

つまり、虐めイベントを回避することに成功したのだ。

レーナ断罪コースをひとまず免れたことに、私は、『やったわ!』と心の中でガッツポーズをした。


とりあえず、どうして私が悪役令嬢になってしまったのかは置いといて、この先レーナとして生きていくならどうするかを考えた結果、出た結論が一つある。

それは、『お嬢様として楽しく生きるにはジークに関わらないこと』だ。

下手にジークに執着して、ゲームのシナリオ通りに進んでしまっては大変。この際、ジークルートは潔く忘れてしまおう。彼と深く関わらなければ、レーナが嫉妬に狂って虐めたと言い立てられても、証拠は出ないはず。

他にもイケメンは登場するはずだから、そっちに期待しよう。

ある程度ジークとヒロインの仲が深まった頃に、先手を打ってこちらから、他の女性と仲睦まじい人とは婚約していられないと、婚約解消を申し出ればいいのよ。

よし、決めたわ。そうしましょう。

せっかく公爵令嬢という、素晴らしく有利な人生を送れそうなのだから。レーナの立場が悪くなるようなことはとにかく回避して、この世界を楽しんでしまおう。

さて今後の方針は決まったけれど、それにしてもここはどこだろう……

道がわからないものだから、勘でとにかくズンズン進んできたのはいいものの、私は完全に迷子になってしまっていた。

「あの、レーナ様、ところでどちらに行かれるのでしょう?」

アンナが遠慮がちに声をかけてきた。

『ゲームをプレイしていたから、この学園にどんな施設があるかは知っているけれど、実際に歩いたことはないから迷子になってしまったの』、なんて言えるはずもない。

「さすがに緊張していたようです。気持ちを落ち着かせるために歩くのに付き合わせて

ひえぇぇぇ!!

ごめんなさいね」

「「レーナ様っ！」」

よし、それっぽい理由で誤魔化せたわ！　さすがに学園で迷子とかダサすぎる。

この二人の尊敬の眼差しは失いたくない。

「人の婚約者に色目を使うような女、突き飛ばして少し怖い目に遭わせてやればよかったのです！　レーナ様は優しすぎます。そうでしょミリー？」

「そうですよ。絶対に悪意があって、私達の目につくところでジーク様に話しかけていたに決まっています。ジーク様もジーク様ですよ！」

二人ともレーナの代わりに憤ってくれるが、もし本当にヒロインが嫌なやつだとしても突き飛ばしちゃったら退場だから。ここは我慢よ、我慢。

「まぁまぁ、二人とも落ち着いて。私もそのことでイライラしていたのは事実ですが、本当に彼女の顔をしっかりと見てみたかっただけなのです。ちょうど、これからはジーク様と距離を取ろうと思っていたので」

「それでは……ご挨拶にはもうお行きにならないのですか？」

アンナがさらっと言ってきたけれど、『ご挨拶』っていったいなに？

さすがにまったく知らないとは言えないので、知っている振りをして誤魔化さなきゃ。

「そもそも毎回、私が出向いて挨拶する必要なんてなかったでしょ。もし必要ならば、ジーク様が私を探してくださることでしょう」

私の返答を聞いて、アンナとミリーがまたぎょっとした顔でお互いを見つめ合う。

そんなに驚くようなことだったかな？　そんなことより、迷子になってたくさん歩いたから喉が渇いたことのほうが、今は大問題だわ。

「そんなことより」

「「そんなことより!?」」

「喉が渇いたわ。ここから最短ルートでお茶ができるところまで案内してちょうだい」

「……かしこまりました。ここからならカフェテリアが近いです。でも本当にご挨拶はいいのですか？」

アンナが最後にもう一度、念押ししてきた。私はひらひらと手を振って、なんでもないことのように振る舞う。

「いいのよ。それじゃあ、道案内をアンナ、よろしく頼むわね」

「かしこまりました」

「レーナ様、足元にお気をつけください」

アンナが先導して歩き、ミリーは私を気にかけてくれた。

まさに、二人は取り巻き……いいえ、レーナの側近の鑑である。

あれだけうろうろしていたのに、アンナの後ろをついていくと、あっという間にカフェに到着した。

アンナは素早く席を確保し、ミリーは私が座れるように椅子をサッと引いてくれた。

実にいいコンビだわ。

どうして二人が、レーナにこんなによくしてくれるのかわからないけれど、本当にありがたい。

メニューを見せられても、お茶の種類なんてちっともわからなかったため、「苺のパフェを食べたいので、それに合うお茶を見繕ってくださる?」と言う。すると二人は手短に議論し、どの茶葉にするか決めた。

――苺パフェは美味しい。

しかも、このカフェのパフェは苺が気前よくたっぷり載っている。

苺が甘いぶん、生クリームはほどよい甘さに抑えてある。

『よりによって悪役令嬢!?』と思う気持ちがないと言えば嘘になってしまう。でも、せっかくだから、ゲームの世界を楽しまなきゃ損よね。

幸いレーナは、ヒロインを虐めたりせず大人しくしておけば、家柄からいって生涯安泰なのだから。

とりあえず、当分は美味しいものを食べることを楽しもう。……私の舌では、ミリー達が選んでくれたこの紅茶と、苺パフェの組み合わせが合うのかどうかよくわからないけれど。

「とても合うわ。ありがとう」と、お礼を言えば二人は誇らしそうに胸を張った。

しばらく美味しいお茶とパフェを楽しんでいると、アンナとミリーがなんだかそわそわしていることに気がついた。いったいどうしたのかしら。

なにかあるの？　と辺りを見回せば、レーナと同じ金髪と緑色の瞳を持つ、見覚えのあるキャラクターを発見した。

知っているキャラクターを見つけたものだから、ついついガン見していたら、バッチリと目が合ってしまった。まあ、これだけ見つめていれば目も合うだろう。

すると、そのキャラは私達のテーブルにやってきて、鷹揚に話し始めた。

「これは、レーナ嬢。今日はジークと早く会えて、ご学友とお茶会を楽しんでいるのか？」

一見普通の質問のようだが、口調からしてこれは嫌味だ。でもそのおかげで、なぜ二人が先ほどからそわそわしているのかなんとなくわかった。

推測だけれど、普段はこのくらいの時間には、レーナ達はジークを探して、アンナが何度も念押ししてきた『ご挨拶』をしていたのかもしれないわ。

ちなみに、私に嫌味を言ってきたキャラクターの名前はフォルト。

レーナと同じ金髪に緑の瞳で、どことなくレーナと似た猫系の顔立ちなのは、血縁関係があるからだ。彼は、先代のアーヴァイン公爵であるレーナの祖父の兄弟の孫。つまりはとこだ。レーナは直系、フォルトは傍系にあたる。

フォルトの髪はレーナと同じく癖毛で、上手くそのハネが活かされた髪型をしている。身長も高い。

個人的には、フォルトの腰が体格に比べて少し細いのがたまらない。

レーナに対する口調と態度は悪いけれど、制服を着崩したりしないあたりに育ちのよさを感じる。

ヒロインに対しては、いつも優しくて的確なアドバイスをしてくれるいいやつなのに、レーナに対しては悪意のある話し方をするんだよなぁ。

とはいえ、ゲームでお助けキャラも兼ねているフォルトなら、話をしているうちに仲良くなれるのでは？

そう思った私は、試しにフォルトをお茶に誘うことにした。

「フォルト、たまには貴方も一緒にパフェを食べましょうよ。ミリー、パフェの追加注文をお願いね。アンナ、フォルトに席に着いてもらって」

「えっ、ちょっと」

フォルトは余裕たっぷりだった態度を一変させ、戸惑う。ミリーは素早く給仕を呼ぶと、椅子を追加するように頼み、あっという間に席の準備を完了させた。

アンナはニッコリとフォルトに笑いかけ、逃げ道を上手く塞ぎ、席に着かざるを得ない状況にした。

二人に指示を出すと、優秀すぎてあっさりと事が運ぶわ。

今までフォルトは、レーナにお茶に誘われたことがなかったのかもしれない。

レーナの目の前に座った途端、彼の生意気さは鳴りを潜めた。混乱しているのが手に取るようにわかり、面白い。

でも、そこはきちんと教育された貴族の坊っちゃん。とりあえず、社交界モードに切り替えたみたいだ。

「レーナ嬢とお茶をする日が来るとは思わなかった」

フォルトはそう言うと、口元をひくつかせながら、ぎこちない笑みを浮かべた。

嫌味を言うことで自分のペースに戻したいのだろうけど、私の中身は子供ではないし、そんなやんわりした攻撃で傷つくほど繊細でもない。

それに、フォルトのことはゲームで攻略したことがあるから、知っている情報もたくさんある。

『甘いわよ、坊っちゃん』と、私は心の中で悪い顔で笑った。

「甘いもの、お好きでしょう？　今日のパフェは特に絶品でしたの。貴方も、召し上がりたいだろうと思って。男性一人では食べ辛いですものね」

「甘いものが好きだったのは子供の時の話だ。紅茶も飲んだし先に失礼する」

フォルトは慌ててお茶を飲み干すと、席を立とうとした。

フォルトは大の甘党。まだまだ子供の彼は、甘いものが好きなことがばれるのを恥じている。

絶品の苺のパフェが届いたら、果たして我慢できるのか……からかい甲斐のある彼は、ついつい虐めたくなってしまう。

「フォルト。お座りになって。話がしたいからお茶に誘ったのです。パフェはそのついで。アンナもミリーもいるので、他の方に誤解されず貴方と話すには今がちょうどいいの。ですから、お座りになって」

さすが悪役令嬢。迫力が違うのか、フォルトはあっさりと椅子に座り直した。

すかさずフォルトの前に運ばれてきたのは、美味しそうなパフェ。

パフェを目にして、フォルトは一瞬ぱあっと表情を明るくしたが、レーナの前にいることを思い出したのだろう、すぐに不機嫌な顔に戻った。

「それで、改まって話とは？」

フォルトはパフェには一向に手をつけようとせず、すでに二杯目となる紅茶に口をつける。

フォルトは嘘が下手くそだ。顔に出やすいタイプなのかもしれない。ノープランだったけれど、どんどんからかいたくなってきた。

「フォルト、簡潔に言いますね。お慕いしております」

「っ⁉」

ゴホッとフォルトは盛大にむせた。

飲んでいた紅茶が変なところに入ったのか、それはもう本格的にゴホゴホと。

アンナとミリーも、私が突然口にしたジョークに驚いたのかぽかんとしている。

「失礼、冗談です。それだけ咳をしたのだから、そのパフェは誰も手をつけることができません。だから、貴方が完食なさいね」

咳の止まらないフォルトは、言葉を発することができず、涙目で睨んでくる。

「そ、そうですよね〜。今朝まで、あれほどジーク様のところに会いに行っていましたものね」

「ミリー！」

『ジーク様の話を今してはだめでしょ！』と、アンナが窘めるようにミリーの名を呼ぶ。

ミリーは思ったことをそのまま言ってしまうことがあり、時折レーナに対しても失言してしまうのが玉に瑕なのだ。

「あっ。レーナ様、私、あの、失礼いたしました」

ミリーがこちらを見て気まずそうに謝罪した。

「いいのよ。ちょうど、そのことを話したかったのだから。ミリーも気にしないで、今朝まで私がジーク様のところに通っていたのは事実ですから」

面白くなってきたから、もっとフォルトをからかってやろうと、私の中にいる悪い私がにんまりと微笑んだ。

フォルトはようやく咳が治まり、アンナから水の入ったグラスを受け取った。

「そのことって？」

フォルトはそう私に言うと、グラスに入った水を口に含む。

——今だ！

「私とその……ジーク様の婚約がなかったことになるかもしれません」

予想通り、フォルトは再び盛大にむせた。口に含んでいた水が、またしても変なところに入ったのだと思う。

「ゴホッ……はっ、コホッ。な、なかったことになるって？」

「フォルトは意地悪ですね。最近のジーク様の様子を貴方もご存じでしょう」

私は、悲しそうな顔を作り下を向いてやった。

フォルトだけでなく、アンナとミリーの間にも、これはマズイっていう空気が漂っている。

「このままよくない関係が続けば、いずれジーク様から言われるでしょう。でも……彼の口からその言葉を聞きたくないので、私から先に切り出すかもしれません」

ちょっと面白くなってしまって、悪乗りしてもの憂げにため息を吐くと、三人とも口を半開きにして言葉を失ってしまった。

やりすぎちゃったかも……

フォルトは、なんとか励ます言葉を探しているようだ。けれど、レーナを励ましたり慰めたりってことをしたことがなかったらしく、一向に言葉が出てこない。

先ほどから聞こえてくる言葉は「えっと」や「その」ばかり。

アンナはそんなフォルトに、『上手いこと言いなさい』『空気を読んでちゃんとやるべきことをやりなさい』と、圧をかけている。

ミリーは私と目を合わせずに、紅茶をゆっくーりすする。

「どちらが切り出すにしろ、私とジーク様が婚約を解消したり破棄したりすることになったら……他人事ではなくなりますよ、フォルト」

「えっ、なんで俺が？」

フォルトは自分を指差しながら、パチパチと目を瞬かせている。

「私と身分が釣り合うとなれば、高位の貴族で婚約相手を選べるような方ばかりです。そんな方が婚約解消の前科がある私を選ぶと思いますか？　お父様は、相手になにか裏の思惑があるのではと邪推するかもしれません。そうなると、他領に嫁がせるより、領内から私と歳が近く、家柄も問題なく、私を政治的に利用しない相手を選ぶ可能性が高いでしょう……となると、誰が婚約者の候補になると思いますか？」

「「あっ」」

アンナとミリーは、即座に私の言葉の意味を理解したようで、小さく声をあげると急いで口元を押さえた。

「貴方があまり私のことをよく思っていないことは、わかっています。ただ、こればかりは……」

口をポカーンと開けて、呆気に取られた様子で私を見つめるフォルト。私が適当に言ったことを真に受けている。おかしい、笑ってしまいそう。

ゲームでは一度も見たことがない彼の間抜けな表情を見て、今は絶対に笑ってはだめよ、と自分を戒める。しかし、そう思えば思うほど面白さが込み上げてくるのだ。

我慢していたら目じりに涙が……

このままでは、堪え切れず思いっきり声を出して笑ってしまいそう。

「きょっう」

いけない。笑いを抑え切れなくて、声が裏返ってしまったわ。

そっと目じりを押さえてから、仕切りなおす。

「今日はこれで失礼しますわ。フォルト、私のやけ食いに付き合ってくださりありがとう。ジーク様と私のこと、心の隅に、留めておいてくださいませ。それでは二人とも行きますよ」

「「はいっ」」

アンナとミリーの、『行きますよ』からの『はい』の返事が、息ぴったりで本当にすごい。

きっと、身体に染みついているのだろうな。

そうして、私達はお会計をさりげなくフォルトに押しつけ席を立った。

後ろをちらりと振り向くと、混乱しているのか、フォルトが黙々と苺パフェを食べているのが見える。その姿に、私はクスッと小さく笑ってしまったのだった。

そのまま、私はアンナとミリーに寮の部屋まで送ってもらった。

学生寮にもかかわらず、公爵令嬢レーナの部屋は何室もある豪華なものだ。四畳ほどの広さだったゲームヒロインの部屋とは大違い。

それだけではない。レーナの身のまわりのお世話をしてくれるメイドが何人もいるだけではなく、コックまで連れてきているのだ。

始まった夕食は当たり前のようにコース料理。レーナが本当に生粋のお嬢様で、同じゲームの世界でもヒロインの生活とは大違いであることを実感した。

お腹が膨れてから、食後の紅茶をお嬢様らしくたしなむ。……紅茶の味はいまいちよくわからないけれど。

すると、メイドが近寄ってきておずおずと報告する。

「レーナ様。このような時間なのですが、来客の方がいらしておりまして。どうしてもお会いしたいとおっしゃっているのですが、お会いになりますか？」

「ええ、構わないわ」

メイドが困った様子で言うので、頷く。

「失礼いたします。このような時間にすみません」

メイドに招き入れられ、頭を下げ入ってきたのは、五十歳くらいの白髪で小太りの男だった。

えっ？　ちょっと……本当に誰この人⁉

ゲームには出てこない人物だ。レーナの知り合いなのかしら……私はレーナとしてどう振る舞えばいいの？

「お初にお目にかかります、レーナ様。私はこの学園の医務室で働く、治癒師のアイベルと申します」

なんだ、医務室の先生か。でも、なぜわざわざ私のところに来たわけ？

「こんな時間にいったいなんの用ですか？」

「今日、中庭でレーナ様が体調を崩されたと耳にしまして。心配している方もいらっしゃるので、念のため簡単な検査をと。急で不躾かと思ったのですが、伺わせていただきました」

ああ、あの時ね。いきなり乙女ゲームの世界に転生して、どうなっているかわからなくて戸惑っていたせいだ。

『心配している方』というのは、アンナかミリーか、それともヒロインなのか……もしくは、私達の様子を遠巻きに眺めていたモブなのか。

とにかく、具合が悪そうに地面にへたり込んでいたことには心当たりがある。

でも、ゲームをプレイしていた時は、ヒロインが倒れても医務室の先生が来るようなことは一回もなかったけれど……なんでレーナを訪ねてきたんだろう？

とりあえず、わざわざ言い訳をして断るより、検査をしてもらったほうが早そうなので、簡単な診察を受けることにした。

先生が手をかざすと、先生の手が魔力によって少し光る。そして、手がかざされているところから、じんわりと温かくなった。

「お身体は特に問題はなさそうですね」

「ありがとうございます」

私がそう言って頭を下げると、メイドが先生にそっとお礼を渡そうとした。

「こういうのは受け取れません。御給金はきちんと学園のほうからいただいております。それにアーヴァイン家からは、学園への寄付も十分していただいているので、これ以上は」

胸元で両手を振って、アイベル先生はお金を断った。

なるほど、なぜヒロインの時は、倒れても医務室の先生は一度も来なくて、レーナのところにはわざわざ部屋にまで来たかがわかったわ。

さすが公爵家。王立学園は学費がかからないけれど、寄付という形でまとまったお金を渡していたのだろう。爵位が高いということもあり、このような特別待遇(たいぐう)になったってわけね。

「季節の変わり目は体調を崩しやすくなります。私はたいてい医務室におりますので、具合が悪い時は、お声掛けくださいませ。それでは、夜分に失礼いたしました。いい夜を……」

先生はそう言って、静かに帰っていった。

それから大きな天蓋(てんがい)つきのベッドで眠った私は、翌朝五時、メイドに優しく起こされた。

「レーナ様、五時になりました。お目覚めになるお時間でございます」

寝ぼけていた私は、視界に入ってきた見知らぬメイドに叫びそうになるほど驚いた。

それと同時に、昨日の出来事が夢ではなかったのだと改めて思い知る。

その後、呆然としていたところをメイドに慌ただしく着替えさせられ、髪も三人がかりであっという間にお馴染(なじ)みの縦ロールにされた。

てっきり授業に遅刻しそうなのかと思っていたのに、『一限目は何時からでしたか？』と聞くと、なんと九時からだったのだ。

もう、一限目までまだかなり時間があるのに、なぜ私を五時に起こしたの……メイド。

そう思っていると、どうやら朝は乗馬クラブに入っているジークの早朝練習を見に行っていたらしい。

本来起きる必要がないのに、朝五時から起きて、せっせと彼に会うための準備をしていたとか……悪役令嬢ながら、婚約者と上手くやるためになんて涙ぐましい努力をしていたのだろうか。

でも、今日でそれもおしまい。

悪役令嬢レーナになってしまった私は、シナリオ通りの悲惨な末路を辿るわけにはいかない。

ジークとヒロインに下手に関わって、他人の罪まで被るようなことを避けるためにも、彼のことはすっぱりと諦めるのだ。

だから、もう私にはわざわざ毎朝早起きをして、ジークに会いに行く理由はない。

なによりも、朝の一分は昼間の一分とは比べ物にならないほどの価値がある。なにを言いたいかというと、要は早起きはしたくないというお話。

そういえば、昨日、ヒロインを呼び出して虐めるイベントが発生していたけど……今ってゲームの時間軸だとどのあたりになるのかしら？　虐めが始まっているということは、もう二年目？　それとも、もう三年目？　いや、もっと進んでいるのかも。

この乙女ゲームは六年目まであって、レーナが追放されるのは最終学年になってからだ。

ジークやイベントを避けるためにも、今はいったいいつなのかを知らなければいけない。

ジークへの朝の挨拶に間に合わないのでは？　と焦るメイドを尻目に、私は朝から優雅にコース料理の完食を目指す。

すると、メイドの一人がしずしずと近寄ってきた。

「レーナ様。アンナ様とミリー様がお迎えにいらっしゃいました」

なるほど。アンナとミリーも巻き込んで、早朝から皆でジークのところに行っていたのね。確かに、昨日もそんなことを言っていたわ。

私が悪いわけではないけれど、レーナのせいでこんな朝早くから皆を振りまわしてごめんなさい……

「アンナとミリーを部屋に通して」

私の指示に従い、メイドはアンナとミリーを部屋に招き入れ、二人用の席をあっという間に準備する。

「「おはようございます、レーナ様」」

「アンナ、ミリーおはよう。私ったら昨日大事なことを伝え忘れていたのよ。ごめんなさいね。メイドの皆にも聞いてほしいのだけれど。今、話をしても構いませんか？」

魚のムニエルを食べていては決まるところも決まらないから、口元を軽くナプキンで拭き整えた。

メイド達も作業を中断し、レーナの前にずらりと五人も並ぶ。奥からも、シェフがコック帽を外して慌てて出てきた。

アンナとミリーは背筋を伸ばし、椅子に座って私が話し出すのを待っている。

よし、もう切り出してもいいわよね……さすがにもうこれ以上は出てこないでしょう。というか私一人のために六人も使用人がいたの？　さすが公爵令嬢、人件費かかっているな～とか思っている場合ではない。

「まず、私の我儘でアンナ、ミリー、メイドの皆、そしてコックの貴方。朝の貴重な時間を使わせてしまってごめんなさいね」

「そんな、謝罪なんて……」

改まった謝罪を聞いたアンナが戸惑った様子で言う。

「アンナ、ミリー、二人は自分に関係ないことにもかかわらず、毎朝私に付き合って早起きをさせてしまってごめんなさい。毎朝これだけの時間があれば、別のことができたでしょうに。その大切な時間を、今まで私のために使わせてしまって本当に申し訳なく思っているのよ」

「「レーナ様」」

なぜだか二人は感動したようで、うるうると目を潤ませ、私の手をぎゅっと握ってきた。

「そして、メイドの皆にコック。私の朝の身支度の準備をする貴方達は、私よりかなり早く起きていたはずよね。五時起きの私でさえ眠いのだから、皆さんはもっともっと辛かったと思います」

「「「「お嬢様……」」」」

メイドやコックまで胸を打たれている様子だ。ちょっと忠誠心高い、高いよ、レーナのまわり。

「はっきり言いますね。私はもう朝の挨拶をしにジーク様のところには行きません。せっかく皆の時間を使っているというのに無駄でしかありませんでした。それに、アンナとミリーだけでなく、なぜ皆さんにこの話をするか、理由はわかりますよ……ね？」

気まずげな表情を作って皆の顔を見回すと、ゴクリッと誰かの唾を呑む音が聞こえた。

やっぱりジークとレーナが上手くいっていないこと、皆知っていたんだ。

「これからは、朝は七時に起こしてちょうだい。それから身支度を整えて朝食をいただくことにします。アンナとミリーの迎えも八時を過ぎてからで結構です。今まで貴重な朝の時間を私の我儘に付き合ってくれてありがとう。貴女達の準備を手伝ってくれていた従者も労ってあげて。後日、私から手紙とお菓子を送ります」

「「お気遣いありがとうございます」」

アンナとミリーはそう言って、同時に深々と腰を折る。

そして、私の次の言葉を待つかのように、部屋が静まり返った。

さて、言いたいことは全部言ったし。どうしよう……どうしたもんだ……どうしたら……

「えっと、とりあえず、急いで朝食を食べますので、アンナとミリーはすみませんがもう少し待っていて。二人になにかつまめるものを……」

私の言葉を聞いて、メイド達がいち早く動き出す。アンナとミリーにお茶を出すため、コックも慌てて厨房に消えていった。

朝食を食べ終えたのは、七時前だった。

まだ登校するには早いしどうしよう。アンナとミリーも私の出方を窺っているようだし、ここは私がなにか言わないとだめよね。

「せっかく早く起きたのですから、少し授業の予習でもしましょうか。今日の授業はなにがあったかしら」

さりげなく今日の授業を聞くことで、今が何年生なのかもわかるかもしれない。今日の私、冴えている。

「おそらくですが、今日あたりから魔力感知の授業があると思われます。進み方が順調ならば、適性診断も行われるのではないでしょうか。座学の授業も目処がついた頃と思われるので」

アンナがさらっと答えてくれたけれど、魔力感知ですって⁉

魔力感知は一年生の、それも春の最初のほうの授業。

ということは、レーナを含めまわりはまだ十三歳だ。確かに皆、随分と幼いと思っていたのよ。

正直なところ、魔法の授業をどうやって乗り切ろうかなと思っていたから、ちょうど最初の実技から参加できてよかったのかもしれない。

魔力感知の授業には、大きな目的が二つある。

一つ目は、自分の中にある魔力の流れ――いわゆる魔力循環を知ることだ。

魔力を持つ者の身体には、魔力が流れる『魔力線』というものが、血管のように張り巡らされている。自分の中の魔力を感じ、どんなふうに魔力が身体を流れているのかを知ることで、魔法を扱うコツを掴むことができるのだ。

魔力は有限だ。休んだり、回復薬を飲むことで回復も可能だが、枯渇すると『魔力切れ』という弊害が出てくる。

初期症状として身体が熱くなり、それでも魔力を使い続けると、身体が冷たくなり動きが鈍くなる。最終的には動くことが困難になってしまうのだ。

無駄に魔力を使わないためにも、魔力循環で扱い方を学び、上手に魔力を運用することが大事なのである。

二つ目は、自分の魔力の属性を知ること。これは、後に測定機で判定してもらう。

実はこの授業は、攻略キャラクターの属性をヒロインが知るイベントだった。

魔力の属性は火、水、土、風、雷、氷、光、闇、聖など戦闘向けのものと、金属、緑など物作りに向いたものがある。

学園の生徒の大半が戦闘向けの属性持ちで、物作りに向いた属性持ちは少ない。

ちなみにヒロインは光魔法、フォルトは雷魔法、ジークは氷魔法だ。

悪役令嬢レーナは緑魔法が使える。草木の成長を助ける魔法だけれど、光魔法のヒロインでゲームをプレイしていた時と比べると……緑の魔法はかなり地味だ。

それにしても、ゲーム通りに魔法って使えるのかしら……レーナの中身が私でも。

「アンナは火、ミリーは水、私は緑……か」

「なぜ、私達の適性がわかるのですか？」

ミリーが驚いたようにそう言ったのを聞いて、私はアンナとミリーの属性を言ってしまったことに気がついた。

『ゲームをやってたから知っているのよ』なんて言ったら、完全に不審者扱いされてしまう。

「なんとなく、そうじゃないかなと感じたの。あくまでなんとなくよ」

「火……」

「水……」

二人は自分の手を見つめて思案げに呟く。

アンナとミリーが私の失言について深く考え出す前に、違うことを提案することにした。

「さて、雑談はおしまいです。魔力感知の練習を実際にしてみましょう。私、きちんと予習したの！　ほら、二人とも集中して。えっと、確か目を閉じて、ゆっくりと全身に魔力が流れるのを感じるのよ」

ゲームで教師が言っていたことを思い出しながら、二人を促す。

二人が目を閉じたのを確認して、私も目を閉じた。

……でもちっとも、わからない。

なにかゲームで使えることを言ってなかったかしら、と必死に思い出す。

そうだ！　『輪になって手を繋いだほうが、互いの魔力が流れてきてよくわかる』と、いつまでも魔力を上手く感じられないヒロインに先生が教えていたわ。

私は二人の手を握った。

いつも通り右はアンナで左はミリーだ。

「アンナとミリーもお互い手を繋いで。右隣にいる人に魔力を流すイメージをして、三人で魔力をまわしてみましょう」

ゲームの受け売りで始めてみたのはいいけれど、まだまだ魔力があることが半信半疑だ。これ以上なにをしたらいいかもよくわからず、ただ二人と手を繋いでいるだけになってしまった。

しかし、しばらくすると、アンナのほうからジワッと温かいものが流れ込んできた。

――あっ、これが魔力かもしれない。

アンナから魔力が流れてきたことで、ところてん式にズズズッと私の魔力も一部押し出され、反対側で手を握っているミリーのほうに自分の魔力が流れていくのがわかる。きっとミリーが上手く魔力をアンナに送ることができなくても、私と同様に、ところてん式にアンナのほうにも魔力が流れていくだろう。

そんな感じで十分くらい魔力を循環していると、どういったふうに魔力が流れていくのかだんだん掴めてきた。

魔法を行使する時には、魔力線をコントロールして身体中に流れる魔力を集めないといけない。これは、必要な箇所に必要な魔力を集める練習にもなるのだ。

「さて、もういいでしょう。二人にも魔力の流れがわかったのではなくって？」

上手く魔力を流し込んでくれたのはアンナだが、私は胸を張って二人に問いかけた。

「はい、感じることができましたわ！　ねぇ、アンナ」

「ええ、私は二人より遅かったかもしれませんが、ミリーのほうからじわっとなにかが入ってくるのがわかりました。その後はなんとなくですが、魔力の流れを感じた気がいたします」

本当はアンナのほうからじわっと魔力がきたのだけれど、いい感じに勘違いしているようだから黙っておきましょう、ホホホ。

あっ、今、心の中とは言え悪役令嬢レーナのように笑っていたわ。いけない、いけない。

それから私は、部屋の隅に置いてあった花瓶に近寄り、そこに生けられた花に魔力を送り込んでみることにした。

「勘ですけど私の属性は緑ですから、このように花に触れて魔力を送れば……ほら！」

蕾だった花がゆっくりと、見事に開花する。

『ふんぬうおおおお』くらい気合を込めて、これでもかと魔力を送ったけれど。

でも、ちゃんとできた！　私、本当にこの世界で魔法が使えるじゃない。

これが、火や水だったら明らかに魔法って感じで、もっとファンタジーぽかったのに……って、いやいや、これだって十分すごいのだから、これ以上の欲張りはよくないわね。

「アンナはおそらく火属性だから室内で使うのは危ないわ。ミリー、このティーポットに水を出してみてくれる？」

「はい！　私にもできるといいのですが」

ミリーはティーポットを両手で持ち、目を閉じる。

見ているだけの私には変化はわからないけれど、次の瞬間、ミリーが驚愕した様子で目を見開いた。

「レーナ様……ポットが重くなりました」

すごいっ！　確か、水属性が出す水は魔力が含まれる魔力水といわれ、貴重だと先生が言っていたわ。

でも、私だって魔法を使ってトマトでも実らせれば、魔力の結晶のようなトマトができるのではないだろうか……うん、これは後日実験してみなきゃ。

ティーポットの蓋を開け、三人で覗き込むと、そこにはポットの半分ほどではあるものの、水が入っていた。

「ミリー、すごいわ」

アンナはそう言ってミリーの背中をポンッと叩く。

「水属性の方が出す水には、少量ですが術者の魔力が含まれているらしいの。巷では魔力水と呼ばれているらしいです。飲めば一時的に魔力を取り込むこともできるらしいので、今日はミリーの初めての水を三人でいただきましょう」

ゲームの受け売りなので『らしい』ばかりだ。

「レーナ様は、本当にたくさん魔法について勉強なさってたんですね」

ミリーがほわほわと言った。そんな彼女に苦笑いを返しながら、私は一口水を飲む。水はいつも飲むものより、美味しい気がした。

さて、まだ八時。授業が始まるのは九時だから随分と早いけれど、私達は学園に行くことにした。結構早く学園に来たつもりだったものの、朝から部活や同好会に精を出す生徒がすでに大勢いた。

散々このゲームをプレイしていたので、大まかな位置は覚えていたが、実際に歩いて学園内を移動してみるとここがどこだか全然わからない。

やはりあの地図には、ゲームの攻略に必要な施設しか載っていなかったのだ。実際の学園と比べるとかなり教室や道が省略されていたようで、こっちの方角にあの施設や教室がある程度にしか役に立たなかった。

道を覚えるためにも、当分は早めに登校して校内をうろつくことにしよう。

一応、ジークに会わないと言った手前、私達は乗馬クラブの練習場を避けて適当に散策することにした。

学園内を歩いてみると、植物園に薬草園と意外と植物があることに気づく。

属性が緑って、いずれ授業で行う戦闘訓練のことを考えると『はずれ』と思っていたけれど、果物を実らせておやつにできるだろうし、なかなか使えるかもしれない。

戦闘訓練は、火属性と水属性のアンナとミリーに頑張っていただくことにしましょう。

ゲームでは、戦闘訓練の授業もイベントになっていて、ヒロインは突然強敵を倒す羽目になる。さすがにレーナの場合はそんなことにはならないだろうけど、魔法訓練はどんどん自主的にやって、二人の魔法の熟練度をどんどん上げてもらおう。

それが、回りまわって私の安全に繋がるのよ！

あちこち校内を散策していると、ふとフォルトを発見した。ばっちり目が合ったので、フォルトも私に気づいたはずなのに、彼は気づいていない振りをしてさっと踵を返してしまう。

昨日のことがあるから気まずいのかもしれないが、会釈の一つもしないだなんて失礼極まりない。

「フォルト、ごきげんよう」

ムッとした私は、あえて大きな声で彼を呼び逃げ場をなくす作戦に出た。

さすがに名前を呼ばれた上に挨拶までされては、フォルトも無視できなかったのだろう。彼は、ギギギッと動きの悪いロボットのようにこちらを向いた。

私達三人はフォルトに向かってゆっくりと歩いていく。

「はぁ……、レーナ嬢、アンナ嬢、ミリー嬢、ごきげんよう」

「「ごきげんよう、フォルト様」」

アンナとミリーはニッコリとフォルトに笑いかける。私はわざとしおらしい態度で彼に話しかけた。

「フォルト、昨日はなんだか私の恥ずかしいところを見せてしまってごめんなさいね」

「あぁ、いや……その、レーナ嬢……あまり気にするな」

あれから一晩経ったけれど、結局どうレーナを慰めるべきか上手くまとめられなかったのだろう。なんとも歯切れの悪い返事が返ってきた。

そして、そこからの沈黙……

だけど、あえて私はなにも言わずフォルトを見つめる。

フォルトはしばらくもごもごと煮え切らない態度だったが、やがて観念したように話し始めた。

「三人はいつもこの時間はこんなところにいないだろ？　その……ジークに挨拶に行かなくていいのか？」

「ええ、少しでも二人の関係がよくなればと続けてきましたが、もう必要ないでしょう。これ以上私ばかり歩み寄るのも馬鹿らしい。朝の時間は貴重なので思いきって止めましたの」

昨日に引き続き、フォルトが返し難いことを言ってリアクションを見る。

フォルトは私の返答を聞いて、まさに絶句している。必死になにか言おうとしているのだけれど、口をパクパクとさせるだけだ。

「フォルト、口が魚のようになっていますよ」

「だって、お前……それっ……」

「所詮、政略結婚ですから。男性は自分に惚れた女性のほうが可愛いのでは、と思っていたのですが……すべての男性がそう思うわけではなかったようです」

「いや……まぁ、いろんなタイプのやつがいると、オモイマス。けど……えっ？　あれ？　えっ？」

フォルトは私のちょっとした悪戯によって完全に混乱し、表情をコロコロと変える。

「そんなに表情豊かなフォルトを初めて見ました。それでは朝の会が始まってしまいますので、ごきげんよう」

朝一で思いっきりフォルトをからかったことだし、今日のところはこの辺で勘弁しておいてあげましょう。

私はいまだ混乱の中にいるフォルトを置いて、教室に向かったのだった。

一限目の授業はさっそく魔力感知だった。

私達は朝練をしていたおかげで難なく課題をクリアできただけでなく、先生の前で実際に魔法を使ってみせることに成功した。

ミリーは水を出し、私は花の蕾を咲かせ、アンナは近くの森に向かって派手に炎をぶっ放した。アンナのあれはもう小さな爆発だった。

アンナは私達の中で一番魔力量が多いのだけれど、そのためなのか力を制御するといった細かいことは苦手なよう。

早く制御を身につけてもらわないと、私の身が危ない規模の爆発だったわ。

順調に授業をこなす私達三人とは対照的に、上手くいかず首をひねっているフォルトとヒロインを見つけてしまった。

ジークもいるのだろうかと教室を見回したが、幸いなことに彼の姿は見当たらない。

たいていの授業は、生徒のレベルに応じてクラスが分けられている。

基本的に、ヒロインを含め、攻略対象キャラ達がいる『できるクラス』と、私とアンナ、ミリーがいる『できないクラス』の二つだ。二つのクラスの間には、魔法の資質や頭の出来に大きな溝があり、一緒になる授業は少ない。

でも、この授業は合同だったみたいね。もしかしたら、他の攻略対象もどこかにいるのかもしれないわ。……まぁ、ヒロインはほっといて大丈夫でしょう。

ヒロインとはこれ以上関わらないようにしたいし、それに彼女は上手くできなくても、そのうち懇切丁寧に先生から説明してもらえるからね。

ここはフォルトに恩を売っておくことにしよう。

「フォルト、どうやら苦戦しているようね」

「……レーナ嬢は事前に練習していたんだな」

私より上手くできないことが恥ずかしいようで、フォルトは小さくはにかむ。

初めて笑ってくれた。少しは仲良くなれたのかも。

「魔力循環はわかりやすいやり方がちゃんとあるのよ。それさえマスターすれば、フォルトならすぐにできるようになると思うわ。ほら、手を出して」

フォルトの態度が軟化したことで、私も少しくだけた話し方になる。フォルトは目を瞬かせながら、差し出された私の手を見つめた。

「えっ？」

「ほら、早く手を出す！　お手！」

私が強く「お手」と言うと、フォルトは反射的に両手をさっと私に向かって出してきた。私よりも大きな手をギュッと握る。

「なっ……」

我に返ったフォルトが慌てているのに気がついているものの、あえて無視して続ける。

「ほら目を閉じて。私の魔力をフォルトに流してみるから、フォルトは魔力の流れを感じてみて」

右手から魔力の一部を送り込む。フォルトの身体に一通り自分の魔力を巡らせて、左手から身体に戻すイメージで行うと、ゆっくりと魔力が流れ出すのがわかった。

待って、そういえばすっかり忘れていたけれど、魔力線は繊細だと先生が言っていたわね。

わざわざ言うくらいだから気をつけるに越したことはない。それに、他者が流す時はゆっくりとも言っていたわ。

フォルトの魔力が徐々に私の中に入ってくる。

――あぁ、イケメンの魔力が……とかやっている場合ではない。私は自分を必死に律して、余裕な感じを装う。

「自身の中に、なにか温かいものが流れてきているのがわかりますか？」

「あぁ。まだ、なんとなく程度だが感じる」

「よかった、それが魔力ですよ。今は私が自分の魔力をフォルトに流し込んでいますが、フォルトも私に魔力を送り込むことをイメージして、少しずつでいいから魔力を動かしてみてください。右手からフォルトの魔力を私に送って、私から流れ込む魔力を左手で受け取るの」

しばらくすると、先ほどとは魔力の流れが変わったのがわかる。

あぁ、イケメンが自ら私に魔力を流し込んでくるわ……大事なことだからもう一回心の中で言おう。イケメンが自ら私に魔力を流し込んでくる……

これって、ご褒美じゃないの！

ちらりと目を開けると、眉間にしわを寄せ、真剣な顔で目を閉じるフォルトの姿が目に入る。その姿は初々しくて可愛らしい。

残念ながらレーナはフォルトに嫌われているようだけれど、私はフォルトのことを嫌いではない。表情がコロコロ変わって、実にからかいがいのある性格をしている。

「アンナ、ミリー。魔力循環が上手くできてない方がいたら、朝と同じように魔力を流してあげてちょうだい。魔力線は繊細だからくれぐれもゆっくりよ。流れを感じることができたら、一人で流せるように練習してもらって」

しっかりと頷いた二人は、すぐさま行動に移す。

「魔力循環を練習したい生徒は、貴族平民問わずこちらに」

アンナの声が響き、それに続いてミリーが生徒を誘導していく。

こういう時、アンナは抜群に統率力があるし、ミリーは補佐が上手い。本当にいいコンビだわ。

他領の生徒は、変なのに巻き込まれたら困るとばかりにその場を去っていった。しかし、アンバー領の者はぞろぞろと集まり始める。

担当の先生は、生徒が魔力を感知できるようになるまで時間がかかると判断したのか、気がついたら見当たらなくなっている。なかなか無責任だ。

「二人組から三人組になって手を繋いで。私とミリーが順番に手伝いますから魔力の流れを感じましょう」

十数名いる生徒は、アンナとミリーの指示に大人しく従っている。ポツリポツリではあるけれど、『わかった』という声が聞こえてきたから、あちらはかなり順調だと思う。

後は二人に任せて、私はもう少しイケメンを堪能しよう。

フォルトの様子を窺うと、先ほど彼の眉間に立派に一本入っていたシワが、いつの間にか消えていることに気がついた。

集中力が切れてきている私とは対照的に、フォルトは目をしっかりと瞑り、魔力を流すことに集中しているようだ。

次第に右手から流していた私の魔力が、フォルトの魔力に押し返され始めた。

負けるものですかと私も懸命に耐えたけれど、魔力が取り巻きであるアンナよりも劣る私が敵（かな）うはずもない。

そもそも、魔力の絶対量が私とフォルトでは全然違う。

このままではマズイかもしれないと私は手を離そうとしたが、フォルトは集中しているためか、ギュッと私の手を握（にぎ）り締（し）めている。

ならば身体ごと離れればいいと考えたものの、フォルトの魔力が大量に流れ込んでいる影響か、思うように身体が動かない。

これはかなり危ない状況かも……

「ねぇ、フォルト」

必死に彼の名前を呼ぶも、フォルトの瞼（まぶた）はぴったりと閉じられたままだ。

——どうしたらいいの？

呼びかけてもだめだし、動くこともできないし。本当にどうすればいいの？　私の魔力線、死ぬかも……

もうだめだ……

私は抵抗を諦（あきら）めた。すると、あっという間に私の魔力は呑み込まれ、膨大（ぼうだい）なフォルトの魔力が魔力線を伝って身体の隅々（すみずみ）まで流れ込む。

もう、されるがままだ。

イケメンの魔力が流れ込んでいると、はしゃいでいたのが遠い過去のよう。

フォルトは、私の身体中に己の魔力を流したことでスッキリしたのか、私とは対照的に穏やかな表情を浮かべていた。

フォルトの魔力は、私の中をスピーディーかつ円滑に循環している。さっきまで戸惑っていた人物と同一とは思えない。

そりゃフォルトは『できるクラス』で魔力量も多いから、私とは実力が違って当然だけど。

視線の端に捉えたアンナとミリーは、まだこちらに来る余裕はなさそうだ。

誰かが気がつくまでこのままなの？

もはや、これはイケメンと手を握り合っているだけ……

アンナ、ミリー。どっちでもいいから、フォルトの頭を一発『いい加減にしてください』と叩いてちょうだい。

――結局、それから十五分近くにわたって、フォルトによる一方的な魔力循環は続いた。

その間私はどうしていたかというと、他にできることもないのでフォルトの顔をガン見していた。

きれいな顔というのは見ていて飽(あ)きないし、それに人の顔をこんなふうにまじまじと見ることはなかなかできないので、なんだか面白い。

じっと待ち続けると、ようやくフォルトが目を開いた。

……遅い、実に遅すぎるわ。

彼の緑色の瞳が、不機嫌に頬(ほほ)を膨(ふく)らませる私の顔を映(うつ)す。

「ようやく満足しまして？」

そう私が声をかけたこの瞬間も、フォルトは私の身体の隅々(すみずみ)まで魔力を好き放題に行き渡らせている。

私がちらりと繋(つな)がれた手を見ると、彼は驚いたように目を瞠(みは)り、小さく声をあげた。

「あっ」

自分の魔力がレーナの身体を蹂躙(じゅうりん)していたことにやっと気づいたのだろう。

「これ、もう止めていただける？」

そう言うと、スーッとフォルトの魔力が引いていくのがわかる。あれだけ身体に満ちていたものがごっそり抜ける、今までにない感覚だ。

「これは、その。すまない」

とても失礼なことをしたという自覚はあるらしい。顔を赤らめたフォルトが私から目をそらす。

「魔力線が切れる可能性もあったので、他の人には絶対にしてはいけませんよ。特にフォルトは魔力量が多いから、魔力量が劣る人は抗う術がありません」

フォルトは無言で何度も頷く。

魔力線は血管のように管状で、一気に流れる魔力が増えると、破裂してしまう場合があるのだ。

私のお説教を聞いて反省するフォルト。私はそんな彼の手を握った。

「なんだ!?」

フォルトが本能的に危険を察知したのか、距離を取ろうと一歩下がる。

「そのまま。魔力は流さないで」

私はぴしりと鋭い声でフォルトを静止させた。

私は右手からフォルトの中に魔力を流した。今までは、自分の身体から相手の身体に出ていった魔力を意識することを止めてしまっていた。だが、今度はフォルトの中に入ってからも、魔力を自分の意思できちんと操る。

おぉ、イケる。わかるわ。

フォルトの魔力が、先ほどまで散々身体中流れていたおかげで、なんとなくだけどコツを掴めたみたいだ。操作できる！

……あくまでフォルトの中に留まる魔力が抵抗しなければ、という前提がつくけど。

人の魔力線に意識して魔力を流してみてわかったのは、私の中で魔力を動かそうとするよりも、フォルトの身体の中の方がスムーズにできるということだ。

あっちこっちに魔力を流すと、フォルトがほんのり私の魔力を押し返した。

「フォルト」

窘めるように名前を呼ぶと、彼はビクッと肩を震わせ、抵抗しなくなる。

さっきの私の気持ちを、他人に身体の中をまさぐられるような、なんともいえない感じを味わうがいいわ。

よし、目を閉じて集中しよう。

「んっ」

——どのぐらい経っただろう。色っぽい声を耳にして、私は目を開いた。

視界に入ってきたフォルトの頬は上気し、下唇を軽く噛んでなにかに必死に耐えているじゃありませんか。

完全に調子に乗った私は、フォルトの顔色を窺いつつ、『こっち？　あっ、ここ？　それとも、さっき抵抗してきたここ⁉　ここですねっ』と魔力を流してみる。

頬を染め、手に汗をたくさん掻きながら我慢するその姿は、少年から青年に移行する途中の……なんともいえない色気が漏れていた。

私の魔力を押し返す時もあるけれど、強く名前を呼ぶと、急いで制御する。

その姿がいじらしい。

私の微量の魔力がフォルトの魔力線を這うように、むしろ気持ちとしては、舐めまわすかのように進む。どうやら、魔力線にも敏感なところがあるらしく、フォルトの弱いところに念入りに魔力を流す度、彼が肩を震わせる。

――あぁ、Sに目覚めてしまいそう。いや、目覚めているのかもしれない。

ついニヤニヤと悪い笑みが浮かんでしまう。

私は完全に思考をエロいおっさんに乗っ取られていた。

依然、目の前のイケメンの頬は上気し、息は少し荒い。目をきつく閉じ、度々可愛らしい声をあげる様は、どう考えてもアウトだった。

頭の中のエロいおっさんが、『いいぞ、もっとやれ』と私をそそのかす。

おっさんの声援を受け、さらにフォルトの弱いところに魔力を流した、その時――

「いたっ!」

唐突に激痛が私の手を走った。フォルトがあり得ないくらいの力で私の手を握った

ニヤ
ニヤ

のだ。

痛い、思いっきり痛い……本当に痛い。これは離してもらわなければ指が折れるかもしれない。

痛みを感じてようやく、私はエロいおっさんモードから生還した。頭が冷え、急いでまわりに目を走らせる。

今やっていたことを他の人に見られたらマズイ。よからぬ噂が立つともっとマズイ……

内心大汗を掻きながら周囲の様子を窺うと、皆自分の課題に精一杯なようで、こちらに注意を向けている者はいなかった。それを確認して、ほっと息を吐く。

ここで止めておこう……止めよう、自分。

『鎮まれ、鎮まれ……』と心の中で念じながら、フォルトに流していた魔力をゆっくりと収めていく。

魔力が引いていくのを感じてか、フォルトがおもむろに目を開けた。

「先ほど私がどのようになっていたのか、身をもっておわかりになりましたね？　ほんの少し苦痛をわかっていただければよかったのですが……つい、思いっきりやり返してしまいました。ごめんなさい」

まあ、私がされた時はこんなハレンチなことにはならなかったけどね。

「すまなかった」

絞り出すような声で、フォルトは上気した頬のまま、申し訳なさげに告げる。

たっぷり弄んだ上に、こんな表情を見せられてさすがに良心が咎めた私は、それらを振り切るように口を開いた。

「では、痛いのでそろそろ手を離してくださいませんか？　魔力の流れや操作はもう十分に理解できたことでしょうから、もう私は必要ないわよね？」

「わ、悪い！」

フォルトはただでさえ赤い顔をさらに真っ赤にさせ、勢いよく手を放した。

解放された私の手には、フォルトの手や爪が食い込んだ痕があり、所々薄く血が滲んでいる。いったい、どれだけの力で握り締めていたのか。

これは手を洗ったりしたら沁みそう。まあ、自業自得なのだけれど。

「これで汗を拭いて」

私は刺繍の入った高そうなハンカチをポケットから取り出して、フォルトに渡した。

フォルトは黙ってハンカチを受け取ると、まだ上手く考えることができないようで、黙々と私の指示に従って汗を拭き取る。

「貴方は魔力量も多いですし、そう……雷なんかとても相性がよさそうな気がします。これから戦闘訓練もあるでしょうし、その時はぜひご一緒しましょうね。私に対して長く辱(はずかし)めを続けたことは、これでチャラにして差し上げます」

「わかった」

フォルトはこれまた深く考えずに、こくこくと何度も頷(うなず)く。

よし、フォルトから戦闘訓練でパーティーを組むという確約をゲットしました。これで、より私の安全と成績が保証されるわ。

アンナの火は攻撃能力が高くて便利だが、森の中では火災の恐れがあるから使い勝手が悪い。なにより、いずれ魔法薬学の授業で使う、素材になるモフモフ系の獣(けもの)を焼いてしまう。

でも、アンナの炎で小型のモンスターをビビらせて追い詰めたところを、フォルトの雷魔法で麻痺(まひ)させて倒せば素材は傷まないだろう。

「フォルト、顔が真っ赤よ。魔力を使いすぎたのかもしれないわね。少し風に当たったほうがよさそうよ。それでは、失礼いたしますわ」

最後にフォルトの頬(ほほ)に触れるセクハラをしてから、私はフォルトの傍から離れた。

私がフォルトにセクハラをしていた間に、アンナとミリーはよくやってくれたようで、教わった生徒皆がなんとなく魔力の流れを感知できるようになったそう。

さすが悪役令嬢の取り巻きだけあって二人とも仕事ができる。

それにしても、今日はいい仕事をしたからゆっくり眠れそう。大きな声では言えないけれど、今日のフォルトとのことは、当分の私の活力となるだろう。

辛い時、悲しい時、暇な時もとにかく忘れないように思い出すことにしよう。

また脳内にセクハラおじさんが出現しそうになるのをすんでのところで抑え、私は練習場を後にしようとした。すると、モブ達が私のもとに集まり、私がアンナとミリーにやり方を皆に教えるように言ったことに対して口々に感謝を述べる。

「落ちこぼれなくてすみます」とか、「これで魔力感知を自主トレできるから次の授業では応用します」とか、こぞって私に言いに来てくれたのだ。

モブといえども、一人一人にちゃんと名前がある。

ヒロインを虐めるより、もっと私にできることや、するべきことはあるはず。そんなことを、たくさんの人に囲まれながら考えた。

「気にしなくていいのよ。皆ができたほうがいいに決まっているじゃない。皆で高い成績を収められるよう頑張りましょう」

そう口にして、私はちょうどいい位置に発見した花の蕾までゆっくり歩いていき、手をかざす。

そう、こういう時はパフォーマンスが大事。

「そうね、こんなふうに」

蕾に触れて魔力を込める。顔は優雅に、だけど内心で『ふーーーんぬぅっ！』と気合を入れて魔力を放つ。

フォルトとの魔力循環のおかげで、ところどころ詰まっていた私の魔力線はそこら中開通した。さらに、人様の身体に魔力を流してコントロール……またの名を悪戯したことで、朝よりスムーズに蕾に魔力を流すことができたのだ。

まだほんの小さな蕾だった花は、私が魔力を送ったことで瞬く間に美しく開花した。

「いくつもの才能の花が咲くように頑張りましょう」

一連のパフォーマンスを目にした生徒達は、尊敬の念を込めて、私を見つめている。

……決まった。決まったわ。かなーり魔力は使った気がするけれど、見事成功ね。

これで、私に対するイメージは大幅アップのはずよ。

もし悪役令嬢レーナにもっと人望があれば、ヒロイン虐めを誰かが止めてくれたかもしれない。少なくとも、レーナが関与していないことの罪まで被せられて、学園から追放されるという結末にはならなかったはずだ。

だからこそ、イメージアップは今後も意識していかなくちゃ！

その後、二限目の授業で行った薬草に関する問題で、私は結構な正解数を叩き出した。

薬草の名前や効果は、ゲームを何回も周回しているうちに自然に覚えたのだが、以前はこんなものを覚えたってなんの役にも立たないと思っていた。

その知識がこんなふうに役に立つとは……

おかげでまわりの生徒の評価が上がった気がするわ。

後は、これといって変わったことはなかった。強いて言うなら、食堂で出くわしたフォルトが全力で私を避けていたくらいね。

寮に戻った私は鞄をテーブルに置いて、寝室にある大きなベッドにお行儀悪く飛び込んだ。ぼふんっと音を立てて、身体がふわふわなベッドに沈む感覚を味わう。

ベッドが大きいと、なんて楽しいの！

一人ではしゃぎながら遊んでいると、鏡に映る自分の姿が目に入った。

……悪役令嬢レーナは縦ロールがトレードマークだけれど、この髪型は止めたほうが絶対にいいと思う。メイドがいるのだから、たいていの髪型は彼女達に頼めば毎日セットしてくれるだろうに……

なぜたくさんある選択肢の中で、わざわざこのドリルのような縦ロールを選んでしまったのか。

私は胸前に垂れ下がった髪を一房つまみ、難しい顔をしながら睨みつけた。

他のキャラクターを思い返してみても、モブも含めて縦ロールのキャラクターなんてレーナだけ。この奇抜な髪型がこの世界で流行っているとは到底思えない。

なぜレーナはこの髪型を固持するのかしら？

お風呂から上がると縦ロールは取れるが、何度見ても縦ロールより普通に髪を下ろしていたほうがずっとレーナに似合う。

思いきって止めてしまおうかな。それとも、レーナのトレードマークだと思って続けるべき？

縦ロールされていないと、レーナの髪は腰近くまである。

長い髪は乾かすのに時間がかかるから、いっそのことショートカットにしたいけれど、短髪の女性を一人も見かけないので、この世界では短すぎるとよくないのかもしれない。

私は「うーん」と唸りながら、メイドが夕飯に呼びに来るまで悩み続けたのだった。

次の日、私は五時前から寝室の前で誰かがガサガサ、ゴソゴソしている音で目を覚ました。

どうやらメイド達が普段通り起きて、本当に私をいつもの時間に起こさなくてもいいのだろうかと葛藤しているようだ。でも六時をすぎると、私が起きないつもりであることがメイド達にもわかったみたいで、扉の前から気配が消えた。

私は気にせずもう一度寝て、七時に優しく起こされた。

起きたら、次は身支度。

当然、いつものように髪を問答無用で縦ロールにされそうだったので、私は慌ててメイドを制止する。

「今日からは気分を変えて違う髪型にします。とりあえず、当分は私になにが似合うのかいろいろ試したいのです。……例えばアンナみたいなポニーテールとか？」

メイドは一瞬驚いた顔をしたものの、すぐに表情を改め恭しく礼をした。

「かしこまりました」

返事はいいけれど、これまでずっと縦ロールをしてきた私つきのメイド。

ポニーテールはなれてないようで時間がかかったが、ようやく完成。

鏡にはポニーテールの新レーナが映っている。

うん、悪くないわ。むしろビジュアルは縦ロールの時よりかなりいいじゃない。

うきうきとしながら、部屋まで迎えに来たアンナとミリーの前に顔を出す。

「おはよう、ふたりとも」

「「レーナ様、お髪が！」」

ふふん。二人ともビックリしているけど、髪型が決まるまで毎日変えるのだから、驚くのはまだ早いわよ。

「新しい髪型よ。たまにはいいでしょ？」

「素敵です」「お似合いです」と口々に言う彼女達を連れて、私は若干テングになりながら、意気揚々と部屋を移動した。

……しかし、これ、並んで歩いてみてわかった。ポニーテールが二人はだめだわ。

一応私が悪役令嬢でポジションは二人の間なのに、これでは髪を下ろしているミリーが目立って、ポニーテールの二人が取り巻きのようじゃない。この被りはいけない。

ミリーは『自分もポニーテールにすればよかったかも』と後悔しているらしく、時折髪を触っているし。

ポニーテール被りはだめだわ、うん、止めよう。整髪剤でガッチリ固めてあって、今日はほどくとバリバリだから諦めるけど。

明日の髪型について考えていると、隣に立つミリーが昨日のポットを手に、嬉しそうに声をかけてきた。

「レーナ様、見てくださいい。昨日よりたくさんの水を出せましたわ」

「それでは、私が厨房で火の魔法で温めてまいりますね」

ミリーからポットを受け取り、アンナは得意げな顔で微笑んだ。

「「えっ⁉」」

昨日、アンナが魔力感知の授業で森でバーンッとしたのを見ていた私とミリーは、同時に声をあげた。どうやらミリーも厨房が森と同じように爆発したらと思ったらしい。

二人でアンナを必死に止めた。

私も二人に新鮮なトマトをと思ったのに、かなーり頑張って一つしか実らせることができなかった。ふがいない……。

翌日。昨日の反省を生かして、髪型をポニーテールではなく三つ編みにしてもらった。可愛いものの、三人で並んでみるとどう見てもこの中では控え目。センターに立つ感じではない。

結局いろいろ試行錯誤してみたけれど、編み込みしてハーフアップが一番よさそうだ。編み込みされた髪は、ぱっと見で朝から手間暇かけてセットしていることがわかるし、なによりも三人の真ん中に立った時に最もしっくりくる。

「『レーナ様お似合いでございます』」と二人にも好評だし。

編み込み方や飾りによって、同じ髪型でも多様なバリエーションを楽しめるのもいい。乗馬や戦闘訓練など動く時は、編み込みのフルアップにしてもらうことにしましょう。

メイド達の腕が上がれば、パーティーで着るドレスに合わせた髪型のバリエーションも増えるかしら。そういった場面に備えて、日頃からメイド達には練習してもらっておいたほうがいいわよね。

「仕事に支障をきたさなければ、貴女達も髪型も髪飾りも好きにしていいわよ」

朝、ヘアセットを終えた時に、私はその場にいたメイド達にそう言った。

私のメイド達は皆一様に飾り気のないお団子頭で、作業のしやすさ優先という感じだ。

「お互いに練習をして、より可愛い髪型を研究してくださいね。……ここには貴族以外にも、優秀で将来有望な人達がたくさん出入りしていますからね」

学園には貴族の生徒の他に、彼らが連れてきた有能な従者、魔法を自在に操る教師兼研究者、腕利きの商人など様々な人が出入りしている。

もし彼らの目に留まれば、メイド達にも将来有望な男性との結婚のチャンスが訪れるかもしれない。

暗にそう匂わせると、私の言わんとすることが彼女達にもしっかりと伝わったようだ。その証拠に、メイド達の目がギラギラと光っている。

「……お嬢様。それは、そういう意味でおっしゃっていると考えてよろしいですか？」

「ええ、さすが私のメイド達。察してくれてよかったわ」

それからメイド達は、髪型こそお団子のままだけど、編み込みを遊びで入れてみたり小さな飾りピンをつけたりとお互い工夫し始めた。

「ここの編み方はどうやっているの？」、「飾りピンはどのように合わせるのがいいかしら？」と試している。

これまで五時に起きて身支度していたレーナが七時起きになったことで、メイド達は時間に余裕ができたのだろう。

彼女達が努力して得たこれらの技術は、いずれ私に還元されるのだ。

後日、メイド達の士気をさらに上げるべく、ピンの端に色とりどりの硝子玉のついた髪飾りをプレゼントした。

そのついでに、友人のアンナとミリーにはお揃いでつけられるよう、それぞれをイメージしたカチューシャを買うことにした。

「お揃いでカチューシャをつけたら楽しいかなと思いまして。喜んでくれると嬉しいのですが」

そう言って二人にカチューシャを手渡すと、アンナが感激した様子で口を開いた。

「ありがとうございます、レーナ様！　ミリーのカチューシャはリボンが可愛いわね」

「レーナ様ありがとうございます。アンナのカチューシャも、貴女の雰囲気とマッチしておりますわ」

「レーナ様。提案なのですが、せっかくなのでしばらく私達三人でカチューシャをつけませんか？　ミリーはどうかしら」

少し興奮気味で話すアンナに、ミリーがおっとりと頷く。

「それは楽しそうですね」

「私もそう思うわ。いろんな物を日替わりでつけてみましょう」

ということで、その日から私達は毎日いろいろなカチューシャをつけ始めた。

「あのようなカチューシャが今は流行しているのかしら？」

「真似したいけれど、公爵令嬢のレーナ様とそのご学友ですから……」

校内を歩いていると、まわりからそんな声まで聞こえるようになり、皆、私達のお洒落を気にしているらしい。

けれど、そこは悪役令嬢とその取り巻き。気にはなっても真似はできないようだ。

友達とお揃いでお洒落って楽しい！

なんてことを思いつつ、日々『むふふ』とほくそ笑む。

そんな感じで私の髪型も決まり、メイドの士気も上がり、女の子同士の友情も深まったのだった。

レーナがヒロインやジークと鉢合わせしないように気をつけながら、学園生活を存分に楽しんでいる間――まわりの生徒はレーナ達の気づかぬところでざわざわしていた。

悪役令嬢レーナは公爵令嬢で家柄は申し分ないけれど、成績はあまりよくない。

上位貴族の子息・令嬢は『できるクラス』に入ることがほとんどだが、レーナの学力と魔力量では不可能だった。

この間の魔力感知のような特別な場合を除いて、たいていの授業はクラス単位で行われるため、レーナが『できるクラス』のジークと一緒に授業を受けることはほとんどない。だからこそレーナは足繁くジークのもとに通っていたのだ。

しかし、レーナが『悪役令嬢として楽しく生きるにはジークに関わってはいけない』

と密かに心に決め、彼に会いに行かなくなったことで、二人はほとんど会うことがなくなってしまった。

ちなみに、魔力感知の授業にジークがいなかったのは、彼の能力があまりにも高く、初歩の授業を受ける必要はなかったということらしい。

「最近ちっとも、ジーク様の傍にレーナ様達を見かけなくなったな」

学園の片隅で、勝気な顔立ちの一人の男子生徒が、一緒にいるもう一人の気弱そうな男子生徒と女子生徒にひっそりと声をかける。

「風邪でも引かれたんじゃないか？」

「それはないと思いますわ。素敵な髪飾りをつけられて、アンナ様とミリー様と一緒に、楽しそうにカフェでお茶をなさっている姿を何度か見かけましたもの」

「えっ、そうなのか？　なら、あの婚約者のジーク様と仲良くし始めた女子生徒と一触即発かって噂は……」

「おれもその噂聞いたぞ。でも、女子生徒に意地悪するどころか、ジーク様のところにも訪問してないんだろう？　噂はやっぱりガセだったんじゃないか？」

「カフェで隣の席になったことがありますが、お洒落の話や、今度の週末、街に行ってなにをするかという話ばかりでしたわ」

女子生徒の言葉に、男子生徒達は意外そうに声をあげる。

「そんなことよりも、レーナ様の髪型変わっていたよな」

「私も見ましたわ。……あの、遠目でもわかる髪型ではなくなっていましたね」

「家柄もそうだけれど、あの顔立ちと髪型のせいで近づき難かったもんな。髪型を変えたらかなりやわらかい印象になったと思わないか？」

勝気な顔の男子生徒の問いかけに、まわりにいた男子生徒と女子生徒が一緒に頷いた。

「正直、アンナ様とミリー様が一緒にいらっしゃらなかったら、気がつかなかったと思いますわ」

「以前は独特な髪型だったしな。最近まじまじとレーナ様の顔を見て、ここだけの話、彼女って本当にフォルト様のはとこだったんだなと思ったもん。やっぱり似てるよ」

そう言って、気弱そうな男子生徒は「うんうん」と首を縦に振る。すると、もう一人の男子生徒が苦笑気味に口を開いた。

「まぁ、ご学友ががっちりガードしてるから、話しかけることはこれまで同様、恐れ多くてできないんだけどな」

「レーナ様だけでなく、アンナ様もミリー様も、ジーク様に近づく女子生徒をかなり威嚇していらしたのに、最近はそれぞれカチューシャをつけて楽しそうになさってるのよ」

「授業で、魔力循環ができない生徒を集めてやり方を教えてくれたんだろう。案外、話しかけたら友達になれるかもしれないぞ」

「男の俺らが近づいてみろ。もしジーク様に睨まれでもしたら最悪だぞ」

「確かに……」

男子生徒二人は、遠い目をしながら深くため息を吐いた。

このような会話がレーナのあずかり知らないところでこっそりとなされ、レーナに対する生徒達の意識は、少しずつ変化していくのだった。

こちらの世界に来て二度目の休日。
これまでの私はジークに合わせて予定を決めていたのだろうが、それはもう止めたため、私とアンナ、ミリーは二日間も予定が白紙になってしまった。
カフェでお茶を楽しみながら、私は目の前に座るアンナとミリーに明るい調子で声をかける。
「ねぇ、明日の午後は三人で街にショッピングに行ってみないかしら？」

「本当ですか、レーナ様！　私学園都市でのお買い物に興味がありまして。乗馬見学なんかじゃなくて、ずっと街に行きたかったんですよ」

テーブルから身を乗り出しキラキラと目を輝かせるミリー。そんな彼女の横でアンナが渋い顔をしつつ、わざとらしく咳払いをした。

「おっほん、ミリー」

「こ、これは、失礼いたしました。レーナ様」

うっかり本音をだだ漏れにしたミリーにアンナがツッコミを入れ、ようやく彼女は自分の失言に気がついたみたいだ。肩をすぼめて、申し訳なさそうに謝罪する。

しかし、ミリーを窘めるアンナも買い物が楽しみなのは、その後話していてすぐにわかった。

私がやっていたわけではなく、私が転生する前のレーナがしていたことだけれど、なんだか二人にはたくさん我慢をさせて悪いことをしたわね。本当にごめんなさい……

翌日、お出かけの日がやってきた。街へ行くのは午後からで、午前中は予定がない。そのため、私はいつも通りの時間に起きて図書館に行くことにした。

面白そうな本があれば借りてみようっと。何冊も借りられるなら、手当たり次第いろんなジャンルの本を借りて読んでみるのもいいわね。こちらの物語は、やはり魔法がある世界だからすべてファンタジーな感じなのかしら。

そんなことを考えながら、胸を弾ませつつ校内を歩く。

休日にもかかわらず、学園には割と人がいた。『部活動とかかしら？』と首を傾げつつ、人々の横を通り過ぎる。

それにしても、アンナとミリーが隣にいないのはなんだか変な感じ。それほど、二人はいつもレーナの隣にいてくれているってことね。感謝だわ。

普段は、三人で歩くと、たいてい皆道を空けてくれる。しかし私が単独で歩いていること、なによりトレードマークの縦ロールを止めたことで、他の生徒は私がレーナだとすぐにわからなくなったのかもしれない。

道を譲られないし、すれ違う生徒に軽く会釈をすると、普通に軽く会釈を返してくれる。なんだか新鮮。この感じ久々かもしれない。三人で歩いていると、まわりの生徒は公爵令嬢である私にかなり気を使うからなぁ。

ジークとヒロインに会わないようキョロキョロと周辺を見回しながらだったけれど、なんとか一人でも図書館に到着した。

図書館は、ゲームでも度々訪れるところなので見たことがある。しかし——

「実際に、こうして本棚を見上げるとすごいわ」

思わず独り言を漏らしてしまう。

天井は高く、本棚が天井までみっちりとありすごい迫力だ。その大きな本棚の上のほうに収容された本を取るために設置してある梯子が長くて、テンションが上がる。

「まだ、時間が早いから他に生徒もいないし。まるで私の貸し切りじゃない」

そういえば……と思い出して、私は図書館の奥へ進む。すると、床が三階まで打ち抜かれた場所に出た。

壁は一面本棚となっており、三階までずらっと本が並ぶ光景は壮観だった。上の本を取るための梯子も先ほどのものよりさらに長くて、すごくＳＮＳ映えしそう。

ゲームで見たままの図書館に実際に来ると、やっぱりやりたくなることがある。辺りに人がいないことを確認して……よーし、真似してみちゃえ。

確かヒロインはこの長い梯子を登って、目当ての本を取ろうと身を乗り出した時に落ちてしまうのよね。

私は一応いいとこの令嬢だから、こんな姿を誰かに見られては大変。

でも、やり込んだゲームのワンシーンを一度は真似したくなるのはしょうがないというもの。

人がいないのを確認してから、私は意気揚々と梯子に手をかけた。

最初こそ楽しく梯子を登り、悠長に本棚に並ぶ本を眺めていたものの、そんな余裕はあっという間になくなった。

二階に差しかかった頃から、急に怖くなったのだ。

ひゅうっと下から風が吹き上がり、思わず息を呑む。

……これは注意しないと。確かに、ヒロインじゃないが落ちたら危ない。

一階からでは一番上の本棚になんの本が置いてあるのかわからないから、せっかくだし上まで行ってこの目で確かめようと思ったのだけれど……次からは絶対に司書に確認してもらって、読みたいものがあれば取ってもらうようにしよう。

司書の中には、魔法で本棚から必要な本を浮かせて取れる人もいたはず。

そもそも一番上まで梯子で上がって、面白そうな本を見つけたとしても、それを持ってこの高さから降りることはできないことに登りきってから気づいた。

本当にうっかりどころの騒ぎではない。

さて、ヒロインのように落ちたら危ないから気をつけて降りなくちゃ。

ヒロインはジークが受け止めてくれたのに、悪役令嬢の私は地面に叩きつけられました、ってことになったらシャレにならない。

日本とは違い、登る人の安全を保証した梯子ではないからゆっくり降りよう。

「……気をつけてっと」

落ちないように慎重に一段一段降りていく。しかし、足をしっかり一段下につけたつもりが、つるりと滑った。

「あっ」

しまった、バランスを崩したわ。

慌てて体勢を立て直そうとするけれど、着なれていない長い制服のスカートが邪魔をして、梯子から私の身体が離れた。

――もう、だめっ。

目をギュッと閉じて、地面に叩きつけられるのを覚悟した、その時――

「間に合え」

突然聞こえた自分以外の声とともに、ダンッと大きな音がした。

次の瞬間、少しの衝撃の後、私は温かいなにかの中にすっぽりと収まった。おそるおそる目を開けると男性の腕が目に入る。

どうやらヒロインのイベントの時のように誰かが身体強化を使い、私を受け止め、下敷きになってくれたのだ。

おかげで身体に痛みはほとんどない。

恐かった、本当に危なかった。誰かわからないけど、私のことを受け止めてくれて本当に助かりました。ありがとうございます。

「あの高さから落ちることが、どれほど危険なことかくらいわかるだろう」

「ご、ごめんなさいっ」

強い口調で注意され、私は反射的に頭を下げ、急いで謝る。

あのまま落ちたら最低でも骨は折れていただろうし、運が悪ければ死んでいたかもわからない。

尻餅をついた男性の太腿に座り込むような形になってしまっているから、早く退かなければと気が急く。しかし、手も足も先ほどの落下の恐怖で震え、腰も抜けてしまったみたいで起き上がりたいのに起き上がれない。

受け止めてもらって怪我はなかったとはいえ、ヒロインはよくあんな高いところから落ちてサッと立ち上がれたものだ。

「ごめんなさい。う、上手く起き上がれなくて……今、今すぐに退きますから」

動揺で噛みまくってるし、吃りまくりだ。恥ずかしくて、助けてもらったのに顔も見られない。

とりあえず、這ってでもこの人の上から退かなければ。

私が上に乗っている限り、この人も動くことができないのだから。

わたわたと慌てふためく私を前に、男性は落ち着いた様子で私の肩にそっと手を添えた。

「落ち着いて、どこか痛いところは？」

「はい、ええ、はい。痛いところはないです」

一刻も早く退いて差し上げたい、しかし身体が震えて思うように動かない。

「すまないが医務室まで抱えていく。今はわからないかもしれないが、後で痛みが出るかもしれない」

私の膝の裏に彼の腕が通り、もう片方の腕が私の背中を支える。

ま、待って！　これって、お姫様抱っこじゃありませんか！

恥ずかしい、これは、恥ずかしすぎる。

お姫様抱っこでの移動はレーナの容姿的にギリありだとしても、私の気持ちがアウトだわ。

恥ずかしさのあまり顔を両手で覆ってしまう。

しかも、図書館から医務室の間には植物園、薬草園、カフェテリアに食堂とかなりたくさんの施設がある。

つまり、お姫様抱っこされている状態を多くの人に目撃されるということだ。この辱めはまさに拷問。

「魔法で高いところにある本を引き寄せることができる司書がちゃんといるから、無理をして自分で本を取る必要はないんだ。次からは取ってもらうように」

「はい、そういたします」

私が小さな声で返事をすると、頭上で男性が頷く気配がした。

「それにしても、呼べばすぐに司書が来るだろうに、なぜ頼まずに自分で取ろうとしたんだい？」

本棚は高さがあるし、生徒はほぼ貴族だから、こんなことを考える者はいないのだろう。梯子があるから登って本を取ろうとするのは、私の他にはヒロインくらいだ。

「一度、あの梯子を登ってみたかったのです。途中で恐くなり降りようとしたのですが、足を滑らせてしまいました。本当にありがとうございます」

さすがに、いつまでも顔を覆っているわけにはいかないし、助けてくれた恩人にお礼を言わねばと、私は自分を抱き上げている人物を見た。

「――っ!?」

目に入ったのは、男性にもかかわらず透けるような白い肌と、人形のように整った顔。

さらりとした銀髪に宝石のような碧い瞳。

彼を見て、私の時が止まった。

彼のあまりの美しさに驚いてしまったからではない。

——彼の名前は、ジーク・クラエス。

悪役令嬢レーナの故郷であるアンバー領よりも、さらに大きな領地を治める公爵家の子息。

私、レーナの婚約者だったのだ。

破滅しないためにも、ジークとは会わない、関わらない。そう決めていたのに、なんという再会の仕方なのだろう。

淡々と医務室に運ばれるその間、私は身体を小さくさせ、なるべく顔を合わせないようにしていた。

図書館でヒロインが落下するイベントで受け止めた人物は、ジークだった。

私もヒロインの落下イベントのスチルを意識して、梯子を登ることにしたけれど……

——なんでレーナでもイベント起きちゃうのよ!!

思わず心の中で叫ぶ。

本来はヒロインが図書館の梯子を登り、本を取ろうと身を乗り出したところ、バランスを崩して梯子から落ちてしまう。

そこを、たまたま現場に居合わせたジークが助けるというイベントだった。

今回私は、ヒロインと同じ轍を踏まないようかなり気を配って降りていた。にもかかわらずつるりと足が滑り、バランスを崩して落ちてしまったのだ。

ただ、私はあくまで悪役令嬢。ヒロインのイベントがレーナに発生するなんて思わないじゃない。もしかして、条件が揃えば、ヒロインでもレーナでもイベントが生じてしまうのだろうか？

今後、他のイベントも最低限の条件を満たせば、レーナでも起こるかもしれない。次からはちゃんと考えて行動するようにしなきゃ。少なくとも、もうヒロインの真似をしてというのは止めておこう。

ジークに抱きかかえられながら反省していると、ようやく医務室に着いた。

医務室の先生――アイベルは、入ってきた生徒がジークと私ということに気づくと、顔を真っ青にして、小太りにもかかわらず素早くこちらに近寄った。

まあ、多額の寄付を納めている貴族がやってきたのだから、当然のことなのかもしれない。

「これは、いかがいたしましたか？」

驚いた顔をしたアイベル先生が問う。

「図書館で本を取ろうとして、梯子から落ちたみたいだ」

恥ずかしいことだから理由を言わないでほしいのに、ジークはさらっと言ってしまう。

すさまじい羞恥を覚え、再び顔を覆いたくなる衝動を必死で耐える。

先生は以前私の部屋を訪ねた時と同じように、手をかざし、魔法を使って診察を行った。

一通り診て、異常がなくほっとしたのか、アイベル先生は力を抜きながら息を吐く。

そうよね、公爵令嬢が学園の設備で怪我とかしたらマズイものね。

「もう、本当に大丈夫ですから。この通り、怪我もありませんし」

私は顔に熱が集まるのを感じながら、口早にそう告げた。

午後から予定もあるし、帰りたい。とにかく大事にしたくない。

あの時すぐにジークの上から立ち上がれていたら……後悔しても遅い。

ジークも私を医務室に運び終えたのだからさっさと帰ればいいのに、私のお迎えが来るまではいるつもりのようだ。

そりゃまぁ、婚約者がこうなれば普通はそういう対応になりますよね……

——ところがここで問題が一つ。

うちのメイド達には夕方まで暇を出している。

学園を散策した後、鞄だけ取りに寮へ戻ったら、そのままアンナとミリーと昼から遊ぶ予定だったからだ。だからおそらく私の部屋にはメイドはいないし、連絡などつくはずもない。

気まずい。念のため、「本当に大丈夫です」ともう一度言ってみたけれど、医務室の先生は帰してくれない。

「そういうわけにはいきません！」と金色の瞳をぎらりとさせながら、強い口調で私に言う。

ジークはさすがに帰りたそうだが、私の迎えが来ない。

「怪我もないですし、大丈夫ですから」

早くこの場を離れたいのに、先生の鉄壁のガードがそれを許さない。うんざりしていた時、勢いよく医務室の扉が開いた。

「大丈夫か！」

驚いてそちらを見ると、息を切らせて部屋に入ってきたのは、なんとフォルトだった。

私の関係者に連絡がつかないものだから、はとこのフォルトのところに連絡が行ってしまったようだ。

どんなふうに伝わったのか、フォルトは必死に走ってきたみたいで、かなり息が上がっている。

私は無傷だというのに、ほんとーーうに申し訳ない。

「あぁ、迎えが来てくれてよかったです。誰にも連絡がつかなくて。緊張が緩んだ頃に具合が悪くなると困りますから、今日は部屋まで送ってあげてくださいね。私はこれから再発防止のために会議をしなければいけないので」

フォルトの登場に人好きのする笑みを浮かべると、先ほどまでの鉄壁ガードはどこへやら、アイベル先生はさっさと部屋を出ていってしまう。

「ありがとうございました」

先生を見送った後、私は改めてジークに頭を下げた。

落下してきた人物がヒロインではなくレーナでも助けてくれた。

それに、きちんと私の迎えが来るまで待っているあたり、本質的にジークはいい人なのかもしれない。

とはいえ、将来を棒に振ってまで、彼の婚約者の座にしがみつきたいとは毛頭思わないが。

「フォルトの知り合いだったのか、怪我がないようで本当によかった。それでは予定があるので、私はこれで」

ジークは私にそう言うと、フォルトにも軽く会釈をして去っていってしまった。

――えっ？

思わずフォルトのほうを見れば、彼も信じられないものを見たというように目を見開いている。

私は確かにフォルトの知り合いで間違いないけれど……ジークとも知り合い……というか一応貴方の婚約者ですよ！

心の中で盛大にツッコミを入れる私。

まさか、ジークが婚約者である私の顔がわからないとは思わなかった。

呆然とジークが出て行った扉を眺める私に、フォルトが気まずげに声をかける。

「いや、えっとあの……。髪型がいつもと違うし、ぱっと見わからなかったのかもしれない……な」

フォルトが『マズイ。なにかフォローをしないと！』と焦っているのが伝わる。

その気持ちはありがたいが――

「フォローが下手！　全然誤魔化せていないわ、誤魔化せていないのよ……」

医務室のベッドに置いてある枕で、フォルトは悪くないのにバシバシと殴ってしまう。

完全なる八つ当たりだ。

「ごめん」

それなのに、枕の攻撃を右腕でガードしながら、なぜかフォルトが私に謝る。

「いくら髪型を変えたって、私の顔が変わるわけじゃないわ。あんなに至近距離で顔を見ておいて、自分の婚約者かどうかもわからないなんてことがある？」

言葉を取り繕うこともできないほど、ショックを受けてしまった。

確かに、ジークとレーナは政略結婚だったかもしれない。それでも、レーナはつい最近まで朝、夕は必ずジークのところに自ら挨拶に行っていた。

ゲームでは、ジークから誕生日に貰ったプレゼントをレーナが自慢げに見せびらかしていたシーンがあったから、少なくともお互い贈り物をするくらいの間柄ではあったはず。

それに、パーティーでは、婚約者であるジークが必ずレーナをエスコートしていた。

これまで、レーナのおそらく校内に一人しかいない縦ロールという特徴的な髪型のおかげで、顔を覚えずともなんとかなっていたのだろう。

でも、ハーフアップにして誰だかわからなくなってしまったというわけか。

ジークは、婚約相手の顔すらまともに覚える気がなかったのだ……これは、いくらなんでもひどい。

悔しくて、いつの間にか目じりに涙が溜まる。

ジークは悪役令嬢レーナにとって特別な人。

気の強いレーナがいじらしくせっせと会いに行き、近づく女に嫉妬して、虐めてまで傍にいたい相手だった。

「あんまりだわ……」

思わず呟く。

眦に溢れる涙は、瞬きをすればすぐに落ちてしまうだろう。

その時、ふいにフォルトがぎゅっと私の身体を抱き締めた。彼の手がぎこちなく私の背中にまわり、慰めるように頭や背中をなでる。

「貸してやる」

短い言葉。でもその一言に、彼の思いやりがたっぷり詰まっていた。

フォルトはやっぱりヒロインだけに優しいんじゃない。

レーナとはいろいろなしがらみがあって仲が悪いだけで、彼はいいやつなのだ。

お言葉に甘えてフォルトの胸に顔をうずめる。

後はもう涙は勝手に出てきちゃうし、私の泣き声は子供みたいに「ウワァァァアン」

だし、鼻水は出るし、泣きすぎて瞼(まぶた)はパンパンに腫(は)れ上がるし、それでも涙止まらないし……

まるで、私ではなく私の中にいる本物のレーナが泣いている気がした。

三十分ほどフォルトの胸をお借りして大泣きしてしまった。

その間、フォルトはなにも言わず、そっと頭をなで続けてくれたのだ。

ようやく気分が落ち着き、フォルトから身を離す。

フォルトの制服の肩の部分は、私の涙なのか鼻水なのか、とにかく私から出た汁で大変なことになっている。

「申し訳ございません。取り乱してしまいました」

「いいから」

「制服もひどいことに」

「替えがあるから気にするな。それよりレーナ嬢、顔が大変なことになっているぞ」

「瞼(まぶた)にとても違和感があります。どうなっていますか？　やっぱり……ひどい？」

「真っ赤でパンパンに腫(は)れている。とりあえず顔を一度洗え、その顔のままじゃ帰れないだろ」

「はい」

フォルトに言われるままに顔を洗うけれど、ちっとも腫れが治まる気がしない。すると、フォルトが濡らしたハンカチを私の目に当ててくれた。

「とりあえず、その顔で部屋に帰ったらメイド達が大騒ぎするぞ。冷やして、もう少し見られる顔になってから戻ったほうがいいと思う。医務室の先生だったら腫れを治してくれるだろうが、理由を追及される。場所を移そう」

フォルトはそう言って、私の手を引っ張る。

確かに、こんなこと皆に知られたくない。私は大人しく頷き、フォルトに続いて医務室を後にした。

二　腹黒登場

目を冷やしているハンカチが落ちないように押さえていると、フォルトが私のもう片方の手を引き、植物園に連れてきてくれた。

ここならゆっくり座れるベンチもあるし、植物に水をやるためのきれいな水もたっぷりある。

目元を冷やすのにはぴったりだ。さらに植物には癒し効果もある。

「なぁ、これさ……今日中に腫れはなんとかなるのか？」

私の瞼にもう一度水に浸したハンカチを載せようとして、フォルトの手が止まる。

眉を寄せて尋ねるフォルトに、大泣きして、いつもの調子を取り戻した私は、力強く言う。

「なるのか？　ではなくて、なんとかするの！　こんな顔を見たら、アンナもミリーもメイド達も心配するだろうし、なにがあったか絶対に聞いてくるでしょう？　聞かれることで、私の心は追い打ちを食らいさらに辛いことに……。フォルトも制服の上着を見られたら、たぶんいろいろ聞かれると思うので、ちゃんと上手く誤魔化すのよ！」

その涙と鼻水だらけの制服をメイドに渡したら……絶対に質問攻めに遭い、芋蔓式に私のこともばれてしまう。

なんとか素晴らしい言い訳を考えねば。

二人して『あーでもない、こーでもない』と考えていると、ふいに後ろから男性の声が響いた。

「これはフォルト様、ごきげんよう。今日も女性とご一緒とはやりますね。ぜひ僕にもそちらの方を紹介してください」

フォルトがまるで連日女性を連れているかのような、含みのある言い方だ。

この悪意のある話術、心当たりがある。

攻略対象の一人――シオンだ。

彼は、王家と敵対している『教会』の神官で、聖魔法を駆使して傷を癒す治癒師でもある。

この世界では、王家と教会の二つが権力を握っており、教会は王家から政権を奪うことを企んでいる。しかし、表面上は友好関係が保たれているのだ。

学園には『一定量の魔力を有する人物を身分を問わず入学させる』という大原則があるので、神官でも入学できるのだと思う。

確か、フォルトとシオンは同じ『できるクラス』だから、二人が知り合いである可能性は十分ある。

「シオン、俺は連日女性を連れ歩いたりしない。誤解を招くようなことを触れまわるのは止めてくれないか」

フォルトが不機嫌な声をあげる。

――気のせいじゃなかった！　やっぱりシオンだわ。目の上にハンカチが載っているから確認できないけど、シオン特有の悪意のある話し方だと思ったのよ。

「これは失礼いたしました」

フォルトのピリッとした態度などお構いなしに、シオンはくすくすと笑いながらすんなり謝ってみせる。

神官シオンは、このゲームで一番血なまぐさいルートの保持者だ。

日の光にきらきらと輝く白髪に金の瞳と、優しく柔和(にゅうわ)な雰囲気で、全員彼は天使キャラだと思い込む。

実際シオンはルートの前半では、いつもやわらかい笑みを浮かべ、神官の手本のように振る舞うのだ。

でも、彼は何年も修行を積まねばなれない神官に、十三歳という若さでのし上がり、権力闘争で上司を蹴落(けお)としてきた猛者(もさ)である。

羊の皮を被ったジャガーみたいな超肉食系だ。

その穏やかな第一印象に惹(ひ)かれて彼のルートをプレイし始めたはいいが、恐怖の後半戦で、プレイヤー達を恐ろしい事件と夢の腹黒ワールドへと誘(いざな)う。

ちなみに恐ろしい事件とは、学園生活後半で起きる生徒失踪(しっそう)事件のことだ。なにを隠そうこの事件、似非(えせ)天使シオンこそが真犯人なのである。

ストーリー中盤で、徐々に化けの皮が剥(は)がれてきたシオンの顔から、やわらかな笑みが消え……

右側だけ長い前髪を指でくるくるといじりながら、面倒くさそうに『アンタ相手に猫を被り続けるのは面倒』、『他の人に言いつけても無駄だよ、誰もアンタの言うことなんて信じてくれないよ。まぁ、人望の差ってやつだよね』などと言ってのけるのだ。

一度腹黒モードに突入すれば最後、天使の姿は二度と拝めない。

課題を押しつけられたり、入手困難なアイテムの調達を命じられたりと、ヒロインは散々な目に遭う。

そんなシオンにはこのゲームで唯一バッドエンドがあり、選択肢を誤ると、彼はヒロインにも牙を向ける。

ある時は魔法で攻撃しながら、またある時には短刀を振りかぶりながら、可愛らしい顔でこう言う――ゲームオーバー、と。

その台詞の後、暗転する画面に背筋が凍ったのを昨日のことのように覚えている。

このゲームで、できれば関わりたくなかったヤバイやつ。それが今私の目と鼻の先にいるのだ。

『フォルト、お願いこのまま追い払ってちょうだい！』と心の中で叫ぶ。

しかし、その願いも虚しく、フォルトは「シオンは神官だから癒しの魔法を使えるよな？」なんて言っている。

「ええ、簡単なものなら可能ですが……。なにぶんまだ修行中の身ですので」

シオンは柔和な笑みを浮かべ、サラッと嘘を吐く。

実際はバリバリに使いこなせるくせに、本当に油断ならない。

シオンの鬼畜っぷりは並外れていて、確かあえて痛みを感じさせつつ、時間をかけて怪我を治す回復魔法も習得していたはず。

それだけではなく、ゲームでは癒しの魔法を詠唱していると見せかけながら、相手を苦しませて殺していたし……

聖魔法を如何様にも使いこなす天使の面をした悪魔なのだ、コイツは。

「目が腫れているのを治せないか？」

フォルトはそうシオンに聞く。

「ええ、構いませんよ。……少し痛みを伴うかもしれませんが」

フォルトにタダで魔法を使えと言われたのが面白くないのか知らないが、普通に治療する気はないらしい。暗に『痛いほう入リマース』と言い放った。

私のせいではないのに、これはあんまりだ……

しかし、シオンの治療を拒否したら、あまりにも不自然だ。

シオンが普通の治療だけでなく、痛みを与えながら治せることを、本来のレーナは知らないのだから。

実際どの程度痛いのかはわからないけれど、目が治るならば耐えるしかない。

「あの、痛いのはどうか……」

フォルトが患部を見せるために、私の目元を覆っていたハンカチを外した。

パンパンに腫れ上がった私の瞼こんにちは、である。

それを見て、ハッとシオンが息を呑んだ。

おそらく、私の瞼が大変なことになっているのを見て、笑いを堪えたんだと思う。

「……僕の手から患部に魔力を流して治癒を促します。痛かったら手を上げてくださいね」

シオンはやわらかな笑顔と優しい口調で、再び『痛いほう入リマース』コースを宣言した後、歯医者みたいなことを言う。

それ、歯医者で手を上げても無視されるやつだわ。終わった。

そっと、シオンが右手で私の目を覆った。

彼の手は冷え性なのかひんやりとしていて、触れられるととても気持ちがいい。

「それでは治療を始めるので、力を抜いてできるだけ楽にしていてください」

呪文のようなものを唱えだすと、シオンの手から私の瞼にゆっくりと冷たい魔力が流れ込んだ。

腫れているから冷やしている感じなのかな？

「痛みはありませんか？」

「ええ、痛かったらどうしようかと思ったのですが、ちっとも痛くないですわ」

「……そうですか。では、少し魔力の量を増やしますね。そのほうが早く治るので」

さらに冷たい魔力がシオンの手から流れ込んでくる。

それにしても冷たい……これはひんやりを通り越して寒いわ。

目元に留まっていたシオンの魔力が、ズズッとその他の場所にも流れ出そうとする。

ちょっと待って。こんな冷たい魔力がフォルトと魔力循環をした時のように身体中に流れたら、私が凍えちゃうじゃないの！

焦った私は、やんわりとシオンの魔力を押し返した。

「失礼。抵抗は止めていただけますか？　これでは治せませんから」

「わかりました。ですが……シオン様の魔力はひんやりと冷たくて、目元だけではいけませんか？」

「……冷たく感じるだけですか？　痛みはありませんか？」

「痛みは特にないです」

てっきり『痛いほう入リマース』コースだと思っていたけれど、フォルトの手前まじめに治療しているみたいだ。痛みがなくてホッとした。

すると、私の言葉を聞いて、シオンはスッと目を細めた。

「……へぇ～。いえ、失礼。さすがフォルト様のお知り合いですね」

一瞬、冷ややかな声だったような……

瞼はゆっくりだけど治ってきている気がする。

シオンがさっさと治さないのは、『こんなに手間をかけましたよ』というパフォーマンスなのかもしれない。

だって、シオンは、ゲームで取れた人差し指をサクッと簡単にくっつけていたし。

ぼーっとシオンの治療を受けていると、突然、先ほどの比ではない冷たさが目を襲った。

凍えるくらいの魔力が私の瞼に一気に流れ込んでくる。

これはさすがにだめでしょ。痛みはないとしても、目をこんなとんでもない冷たさで一気に冷やしていいの？

心が冷たい人は魔力もキンキンに冷えているわけ？　このままでは治るより先に凍えてしまいそう。

なんとかもう少し冷たさを緩和してくれないかな……

『緩和、緩和』と頭の中でひたすら唱えていると――

あっ、キンキンではなくなった。最初のようにひんやりレベルに戻ったわ。

これなら耐えられるわ、と思ってすぐ、今度は温かな魔力が流れる。

しかし、温かくなったのはほんの一瞬だった。

「もうよろしいですよ」

シオンの手が離れたので、ゆっくりと目を開けて瞬きをしてみる。

瞼の違和感ゼロ。完治したみたい。

「ありがとうございます。シオン様」

感謝感激だわ。

瞼を腫れ上がらせたまま待ち合わせ場所に行ったら、アンナもミリーも心配するだろうし。最悪午後の予定はキャンセルかと思っていたわ。

どうなることかと思ったけれど、治してもらってよかったかもしれない。

「なるほど……フォルト様と一緒にいらっしゃったので誰かと思いましたが、レーナ様でしたか」

瞼の腫れが治まったことで、どうやらシオンは私が誰かわかったようだ。

シオンはやわらかい空気を纏っているが、なんだか黒いオーラを感じる。私がシオンルートにほんのりトラウマがあるせいで、余計に敏感になっているだけかもしれないが。治してもらったのは事実なんだから、きちんとお礼はしないとね。

「本当に助かりました」

えっと、お金……お金っていくら持っていたかしら。

私は治療費を払うためポケットをごそごそと漁る。報酬を貰えることを悟ったのか、シオンは漂わせていた黒いオーラを引っ込めた。

シオンは性格的にぶっ飛んでいてヤバイところも多い。けれど、治療などで稼いだお金は自分が育った孤児院に送金しているいい一面もあるのだ。

よし、銀貨五枚くらいでいいかしら？

治療費としてはかなり高額な気がするけれど、私は貴族の令嬢だからこのくらい気前よく出したほうがいいわよね。

銀貨を握り締めながら、私はなんと言ってシオンに渡そうか脳内シミュレーションをする。

『取っておきなさい』……これはちょっときついわね。

『治療のお礼です』……うーん、すごく上からな気がする。

——そうだっ！

「シオン様、これよかったら孤児院の運営の足しに使ってくださいませ」

「…………………」

まさかの沈黙である。ニッコリと笑みを浮かべたままシオンはなにも言わない。

あれ、どうして？　私なにかマズイことを言ったかしら。

……あっ！　シオンと孤児院のことは、シナリオがかなり進んで初めて明らかになることだった。

そもそも生徒失踪事件は、教会がシオンの生まれ育った孤児院の運営を援助する代わりに、彼に『学園にいる第二王子を探し出し抹殺せよ』と命じることから始まる。

ヒロイン達が入学する年はゲームで『龍の年』といわれている。これは、王子が身分を偽り、庶民として学園で学ぶ期間のことだ。

ちなみに『龍の年』がいつなのかは、国民には知らされない。

今年が龍の年だと知った教会が、学園に入学させたシオンに暗殺を命じたはいいものの、シオンは教会から最低限の情報しか与えられず、第二王子の姿形はわからない。

庶民はもちろん、貴族の生徒——レーナですら彼の姿を見たことはなく、彼の入学は国の一部の偉い人間にしか知らされないのだから当然なのだけど。

そうしてシオンが、王子と疑わしき庶民の生徒や、王子と繋がりがあると噂される人物を尋問するために攫っていた、というのが失踪事件の真相である。

ちなみにシオンルート以外では、この事件はあまり大々的には取り上げられない。

今はまだ一年目の春。シオンはこの段階で、すでに動き出しているのかも。

とにかく、シナリオ後半でようやく明らかになるシオンにとって大切な孤児院の存在を、今私が知っているというのはマズイ。

「どうかしたのか?」

私がどれほど危ない発言をしたのかわかっていないフォルトは、誰もなにも言わなくなったので不思議に思ったみたいだ。

「いえ……なんでもありません。僕の未熟な魔法にこんなにたくさんお礼をいただいてしまって、つい言葉を失ってしまいました」

シオンはそう言って頭を下げる。しかし、その一瞬、彼の目に冷たく黒い色が浮かんだのに気づいてしまった。

ゲームで見た、様々なシオンの悪魔的なシーンがよみがえる。

「私ったらうっかりしていました、午後から予定があるのでしたわ。フォルト、そしてシオン様もありがとうございました。では、私はこれで失礼します」

声が少し震えてしまったが、なんとか別れの言葉を告げ、ベンチから立ち上がり小走りで植物園を後にした。

シオンの顔はにこやかだったけれど、目はまったく笑っていなかった。

完全にヤバイところを踏み抜いたかもしれない、早くここから離れなきゃ。

手持ちのお金もなくなったし、とりあえず一度寮に戻って、それから改めて考えれば……

――しかし、そうは問屋が卸さない。

寮が見えてきてホッとしていた私に、突如声がかけられた。

「お待ちいただけますか？　レーナ様」

ものすごく聞き覚えのある、今一番聞きたくない声に思わず身体がビクリと跳ねる。

そう、声の主はもちろんシオン。しかもシオンは私の後ろからではなく、私の目指す寮のほうからゆっくりと笑みを浮かべて現れたのだ。

きっちりと着ていた制服のブレザーを脱ぎ、ネクタイを緩めた恰好で。

出かけると言っていたのに鞄も持っていなかった私。

一度荷物を取りに寮に戻るとわかってしまったのだろう。

だから、シオンは私のもとに先まわりしてやってきたのだ。

今日は休日でいつもより人が少ない。そこへきて、部活もとっくに始まっているこの時間に、寮へ向かう人なんて……誰もいない。

シオンが学園の裏道に精通しているのをすっかり忘れていた。

こんなことなら、フォルトに寮まで送ってもらうべきだったわ。

しかし、後悔してももう遅い。シオンはすでに目の前にいるのだから。

シオンはニッコリと笑みを浮かべ、私のほうへ一歩ずつ近づく。

「どうかいたしまして……シオン様。あっ、あの、お金が足りないなら、一度寮に戻ればメイドが……」

シオンの本性を知っている私にとって、彼の笑顔は恐怖でしかない。

だって私はこの顔を何度も見ているんだもの、シオンのバッドエンドで。

植物園の時と同様、シオンは美しい笑みを浮かべているが目は笑っていない。

冷や汗が背筋を伝い、肌が粟立つ。

そんな私を暗い目で見つめるシオンが、また一歩、距離を詰めた。その度に、じりじりと私は後ろに下がる。

「いえ、治療の対価はもう十分いただきました。ただ僕、少し貴女に興味が湧きまして。二人でお茶をしながらゆっくりとお話でもと思ったのです」

「申し訳ありません。先ほども言いましたが、私はこの後予定があるのです。なので、お茶の時間は取れそうにありませんわ」

いったい誰が、恐怖のお茶会に喜んで参加するというのだろうか。全力で拒否である。

「レーナ様はどうしてそんな怯えているのですか？　それに、僕から逃げてません？」

シオンはニコニコしてそう聞いてくるけれど、それが余計に怖い。

「い、いつも通りですわ。なにもおかしいことはありませんし、ましてシオン様から逃げようだなんて」

「僕よりフォルト様のほうが、貴女には随分とひどい態度だったと思うのですが……」

シオンは自分の顔を指でそっとなでた。

自分がこんなに優しく微笑んでいるのに、私が引きつった笑顔で後ずさるから、『僕、顔間違えてないよね？　ちゃんと笑っているよね？』と確認するかのように。

ふと周囲を見回すと、私達はいつの間にか寮から離れ、さらに人通りの少ない道にいた。自分が置かれている状況に気づき、血の気が引く。

……しまった。シオンに誘導された。

心臓の脈打つ音が聞こえそうだ。

どうすればいいの。一か八かシオンに背を向けて走って逃げる？

いや、この化け物に背中を向けられる？

ダメだ……シオンのことだから、どうせ回復魔法で治せると考えて、逃げられないよう背中とか刺してからお話し合いしそう。

一度その考えが頭に浮かぶと、もはや今この瞬間躊躇いなく刺してきそうとしか思えない。

思わず刃物を持っていないかシオンの腰元を確認する。

ほっ、今日は丸腰ね。

「レーナ様は……」

極度の緊張状態の私にシオンが再び話しかけた。私の息が「ハッハッハッ」と上がる。

「どうして僕が…………怖いの？」

私の目をシオンの金の瞳がじっと見つめて、彼は間をおいて人形みたいに首をコテッと傾げた。

限界だった。恐怖心が限界を迎えた私は、シオンに背を向けて本能のまま走り出す。

怖くて振り返ることなどできない。

シオンを撒くため、私は横手に見えた林に咄嗟に逃げ込んだ。

確かこの林の中には、乗馬クラブの騎乗練習用のコースがあったはず。上手くいけば人がいるかもしれない。

「レーナ様、逃げないでくださいよ～」

やっぱりシオンが私を追いかけてくる。そう言われても、大人しく止まるわけがない。必死に走る私の背中に、余裕そうなシオンの声が続く。

「僕と少しお話ししましょうよ～」

お話って雰囲気ではないでしょ、どう考えても。

「あれれ？　これってもしかして追いかけっこですか～？」

この状況のどこをどう見たら、楽しい追いかけっこに見えるのよ。

「う～ん……わかった。そうやって僕の気を引いているつもりなのかな？　かな？」

誰がこんなヤバそうなやつの気など引きたいものかと思うけれど。

全力で木々の間をぬって走っているので、私には言葉を発する暇はない。

とりあえず、心の中でツッコミを返すのみだ。

シオンも私を追いかけているから、かなりのスピードで走ってるはずなのに平然としている。

男女差なのか、令嬢と神官で鍛え方が違うせいなのか……

「僕、そういうの………燃えちゃうなぁ」

クスクスと笑い声混じりにそう言うシオン。その台詞(セリフ)に背筋がゾクリとした。

制服が木々に引っかかり、ところどころ破れているが、そんなことを気にしていたら捕まってしまう。

捕まったら終わり。

頭の中では、バッドエンドのシナリオがぐるぐるとまわっている。

確かこっちに練習コースがあるはずと思ったのだけれど、走っても走ってもそれらしい道は見えてこない。

どうやらゲームマップの中で、この林は実際よりもかなり小さく描(えが)かれていたようだ。

「レーナ様。お待ちください」

時折私にかけられるシオンの声はひどく優しいが、それが余計に私の恐怖を煽(あお)る。

ここまでシオンは、ぴったりつかず離れずの距離を保っている。きっと、私が必死に逃げる様を見て楽しんでいるのだろう。とんだサディストだ。

言葉遣いこそまだ敬語で天使モードだけれど、行動は思いっきり悪魔モードだ。

すると、全力疾走(しっそう)する私の三十メートルほど前に少し開けた場所が見えてきた。

「あっ！」

あそこがおそらく乗馬の練習コースだ。

クス
クス

もしかしたら乗馬クラブの人に見つけてもらえるかもしれない。そしたら、この恐怖の鬼ごっこが終わるかも……

私の瞳にほんの少しだけ希望が宿った――その時。

「ゲームオーバー」

バッドエンドでお馴染みのシオンの台詞が聞こえ、私は驚いて振り返った。

五メートルほど離れていた距離を、シオンが身体強化の魔法を使って一気に詰めた。

あっという間に私は右手首をシオンに掴まれ、近くにあった木に背中を押しつけられる。

そして、シオンが私の顔の横に空いているほうの手をドーンと置く。いわゆる『壁ドン』状態だ。

「つ、か、ま、え、た」

一文字ずつ区切りながら、微笑を浮かべたシオンは私を軽く見下ろす。

乙女ならキュンとする体勢のはずなのに……なんて恐ろしい。

もうこうなってしまっては、シオンから逃げられる気がしない。

先ほどまで私と鬼ごっこしていたが、もう遊びは止めたみたいだし、振り切ろうとしたところで逃がしたりしないだろう。

「随分優しく話しているつもりだったのに……こんなに怖がるなんておかしいなぁ。この間の合同授業で、レーナ様、僕のことなんて一瞬も見ていなかったし。その他にどこかで会ったことがあったっけ？　……となると、涼しい顔をしていたけれど、本当は治療した時すごく痛かったんでしょ？　最後は僕もムキになってやったのに、顔色一つ変えないなんておかしいと思ったんだ。ねぇ、ねぇ……答えてよ、レーナ様。僕は話したいことがたくさんあるのに」

シオンからは敬語が消え、私が口を挟む暇もないくらい矢継ぎ早に言葉を浴びせる。

そして、私の返答を待つかのように人差し指で私の唇をゆっくりなぞった。

怖い怖い怖い怖い…………！　もう怖いしか考えられない。

いや、落ち着け私……やっぱり治療は痛いほうのコースだったのね。

でも、痛みは全然なかったわよ。寒かったくらい。

私が答えないでいると、シオンは目を細めてぐいっと顔を近づけた。

「あれ？　だんまり？　僕そういうの本当に好きじゃないんだよね。時間の無駄じゃない？　そうだ、さっきの治療の続きをしようか？　そうすれば、レーナ様の小鳥みたいな声もまた聞けるでしょう？」

ニヤッと気味の悪い笑みを見せたシオンは、壁ドンしていたほうの手を私の顎に伸ばした。

なにをされるのかわからなくて、私はおそるおそるシオンを見つめる。

シオンの顔がゆっくりと私に近づき、そして、私の唇が塞(ふさ)がれた——シオンの唇によって。

え？　私、どうして今キスされているの？

なんだか意味がわからないけれど、とりあえず痛い思いをするのは嫌！

しかし、逃げようにも彼にがっちり身体を押さえ込まれていて身動きが取れない。

体格差はそこまでないが、若くして神官に選ばれるほど、高い魔力を有するシオンに敵(かな)うはずもない。

シオンの冷たい魔力がゆっくりと唇から流れ込む。

なんとか抵抗を試みるも、私のちっぽけな魔力はあえなく押し負けて、じわじわと魔力が入ってくる。

彼の唇はなんて冷たいのだろう。

このゲームで攻略対象とキスするのは、最終学年である六年目の冬、エンディングの前だけだ。

それまでは、どれだけ一緒に苦難を乗り越えて、いいムードになっても絶対にキスはしない。

シオンルートでは、彼は教会に裏切られ命を狙われるようになり、最後の最後にヒロインにすがりつきこう言うのだ。

『僕の手はもうひどく汚れてしまっている。それでも傍にいてくれる？』

不安げな顔で、見捨てられたらどうしようと必死にヒロインの手を握り締めるシオン。

そして彼は、ヒロインに許しを請いながらそっとキスをするのだ。

それがどうだ。

今、まだ一年目の春よ。私達、言葉を交わしたのも今日が初めてなのに。

お話どころか、動けなくしてから無理やりキスとか、乙女ゲームのシナリオどうなっているの……

サディストモード全開で、私を害する目的でガッツリキスしてくるじゃないのよ。

フォルトやジークの態度といい、レーナルートだとイベント一つ起こるにしても悪意が絡んでくるわけ？

それにしても婚約者がいる令嬢を押さえつけて、ショタ系の神官がキスをしてくるとか……

シチュエーションとしては実に美味しい。うん、美味しいわね。

でも寒い、本当に寒いわ。シオンの言う『痛み』って、かき氷を一気に食べると頭がキーンとなる、あんな感じのものかしら。

とにかく、今のところ痛みはない。これから、痛い目はかなり見せられるかもしれないけれど。

よく考えたらヒロインとは違って、私が殺されることはたぶんないと思う。

幸いなことに悪役令嬢レーナは庶民ではなく、有力な公爵家の一人娘なのだから。

ゲームでの失踪事件のように、もし私が行方不明になったり死んだりしたら、犯人探しは当然しっかり行われるはず。

シオンが犯人だとばれたら、シオンだけでなく教会の立場も危うくなるだろう。そうなれば、孤児院の運営にも影響が出る。

だから、シオンがそんな危ない橋を渡るとは思えない。

そもそも、シオンのターゲットはあくまで第二王子であって、公爵令嬢ではないんだもの。

とにかくヒロインみたいに殺されるようなことはないはず。少ーしばかり痛いだけよ、きっと。

覚悟を決めた私は、潔く抵抗するのを諦めた。

指先が冷える。ものすごく冷える。

しかし、至近距離にイケメンショタというのは実に悪くない。

本物のレーナであれば、いきなりキスをされたことで恐怖し、深く傷ついただろう。だけど、幸い中身は乙女ゲームやり込んだ成人女性。十三歳の思春期真っ只中の、恋に恋する小娘ではないのだ。

チラチラと薄目を開けシオンの様子を窺う余裕すらある。

一周まわって、これってご褒美イベントではないのかとすら思えてきた。

痛みが来るのは今か今かと構えていたけれど、一向に来ない。ただただ寒いだけ。

キンキンに冷えてガタガタと震えそうな私とは対照的に、シオンのおでこには薄らと汗が滲んでいる。

明らかに辛そうな顔だし、もしかしたら、シオンの魔力切れが近いのかもしれない。

とりあえず、少しでも長くシオンに魔力を消費してもらうために、私もちょっとは苦しむ振りをしたほうがいいのかも。

魔力が底をついたら、身体強化も使えないはず。

「うっ……」

私はそれっぽい呻き声を出して、ぎゅっと目を閉じ、眉間にしわを寄せてみた。

重ねた唇から、シオンの口角が上がるのを感じる。私が苦しんでいるのを見て、シオンは笑みを浮かべたのだ。

なんてやつなの……

まぁ、シオンも私が今『イケメンショタからの無理やりキス、ゴチソウサマデス』など不謹慎(ふきんしん)なことを考えているとは露(つゆ)ほども思うまい。

シオンもレーナと同じく十三歳、背伸びしたところでまだまだ子供なのだ。成人女性による不健全な考えなど想像できるはずがない。

シオンから逃れようと顔を背けても、すぐに追いかけられて唇を塞(ふさ)がれる。

再びちらりと薄目で確認すると、シオンの顔には先ほどよりも汗が滲(にじ)んでいた。

私の作戦通りにシオンは魔力を使っている。でも魔力が切れるまで、素直にキスをしているとも思えない。

なんとかしなきゃ。なにか……なにかないかしら……

私は薄目のまま、きょろきょろと周囲を見回した。

ここは林の中なので、植物がたくさん繁(しげ)っている。ちょうど私が背を預けている木にも、蔓(つる)が巻きついていた。

この蔓(つる)に魔力を注ぎ込んでどうにかならないかな。

シオンは私を害するために、魔力を注ぎ込むことにかなり集中しているようだし、今ならば……。

魔力を込めると、蔓がゆっくりと伸び始める。

シオンにばれたら終わる。気づかれないよう、慎重に魔力を込めて蔓を伸ばす。

ちらりとイケメンショタ神官の顔を拝み、またばれないように魔力を込めて蔓を伸ばす、そしてちらりとイケメンを拝むを繰り返した。

本当は蔓でシオンの手足の自由を奪いたいところだけれど、そんな器用なことはできそうもない。

とりあえず、ばれないように蔓を伸ばしつつ、シオンの足から腰まで身体に触れない距離でグルグル巻きにしてやった。

私を押さえつける手は、私がろくに抵抗をしなくなったせいか、シオンの魔力切れのせいなのか緩んできている。

今なら突き飛ばして、蔓で締め上げたらいけるんじゃないかしら。

こんなふうに一生懸命キスしてくれているのを止めてしまうのは、少し惜しい気もするが、命大事に。

私は覚悟を決めて、シオンの手を振りほどき、彼の肩を思いっきり突き飛ばした。それと同時に、蔓に魔力を『ふんぬううう』と込める。

シオンが立ち上がれない程度に、蔓で彼を締めつけた。

「形勢逆転ですわね。シオン様」

地面に倒れ込むシオンを見下ろして、私はしてやったりと笑みを浮かべた。

「そんな嘘でしょ……痛みでろくに魔法なんか使えないはず」

シオンは目に見えて動揺し、わなわなと唇を震わせている。

完全に今悪役令嬢っぽいわよ、私。

「どうして、どうして、どうして」

シオンがあり得ないとばかりに、眉間にしわを寄せて繰り返す。

「どうして……と言われましても」

今度は私がニッコリと笑みを浮かべて、首をコテンと傾げてやった。

「苦しそうだったのはまさか演技だったの？」

あれほど余裕たっぷりだったシオンの顔がさっと青ざめる。

彼はさらに額に汗を掻きながら、蔓に手を伸ばした。魔力を振り絞り身体強化をして、蔓を引きちぎろうとしているのかもしれない。

蔓が外れたら形勢逆転してしまう。急いで蔓に魔力を込めて、今度はシオンの腕もグルグル巻きにする。

こうしてシオンは、完全に簀巻き状態になってしまった。

「レーナ様……」

今さら弱々しい顔を作ったところで私は絆されたりしない。だってシオンがどういう人物なのか知っているから。

「もう、身体強化する魔力もあまり残っていないようですね……今日は休日ですから、私と会う前に、教会の指示で回復魔法をかなり使っていたのではないですか？　ねぇ、神官シオン様」

シオンは休日、教会に命じられて街に下り、治療が必要な人に回復魔法をかけてお金を稼いでいるのだ。たまたま治療が終わり学園に帰ってきたタイミングで、シオンはレーナ達と遭遇したのだろう。

「レーナ様は、孤児院のこともご存じのようだし、僕のことについてはかなり念入りに調べている……そうでしょ？」

シオンは悔しそうに唇を噛む。

さて、シオンの動きは完全に止めた。とにかく今、彼をなんとかしておかないと……万全の態勢でやり返されたら私などひとたまりもない。それにシオンを野放しにしておくと、いずれ生徒の失踪事件が起こってしまう。

その時に犯人を知っている私は、見て見ぬ振りができるとは思えない。シオンにとって、彼について知りすぎている私の存在は確実に邪魔になるだろう。

なんとか、シオンを納得させ私側につかせないといけない。私の今後の安全のためにも。

ここからが私のターン。勝負。

「シオン様、お望み通り少しお話をしましょう」

「拷問したって無駄。口を割るつもりはないよ、レーナ様」

先ほどまでの不安げな表情から一転、シオンは身動きも取れないのにニッコリと笑う。

これはなにかを企んでいる時の笑みである。

こちらでの付き合いは浅くとも、ゲーム内での付き合いはそれなりにあるのだ。

シオンの聖魔法は、相手との距離が離れていても使うことは可能だが、効果は触れながらのほうが抜群に高い。

それに離れた距離で魔法を使うのは、直接触れるより魔力の消耗が激しい。魔力切れに近い今の状況で彼が反撃できるとは思えない。

「ねぇ、レーナ様。どこまで僕を調べたの？　僕とっても上手に演技していたと思うのだけど。どうして僕を調べようと思ったの？　ねぇ、ねぇ、答えてよ」

シオンが饒舌に話し出す。なぜこんなにシオンは余裕があるのだろう。

「レーナ様とは、これまで話したこともないよね。クラスだって違うし。仮に学園の生徒全員を調べていると言っても、入学して間もなくでできることなんてたかが知れてる。どうして僕だったの？　まさか、この任務には君が一枚噛んでいるとでも言うの？　身体強化にすら向かないそんな身体で？」

えっ、私の身体強化って絶望的なの？　さらっと言われたけど、ちょっとショックだわ。

「それでは、お望み通り一つずつお答えしましょう。まずは……」

私の言葉を遮り、シオンが声を荒らげる。

「まどろっこしいな。本当は僕と話し合うつもりなんてないんでしょう。他の人に治療と見せかけて魔力を流した時は、ほんの少し意識するだけで皆痛みを訴えてきた。にもかかわらず平気ってことは、対人魔法の防御策をあらかじめしてたんでしょ……なんの用意もなく、不用意に身体を触れさせるだなんて公爵令嬢が普通あり得ないもの。子供だと思っていたから迂闊だったなぁ」

なんでさっきから人にいろいろ聞いといて、シオンは饒舌に話すのだろう。

まるで、自分に注意を引きつけているような――

疑問に思った私は、ぱっと後ろを振り返った。

少し先に見える乗馬の練習コース。

耳を澄ますと、遠くから何人かの話し声と馬の蹄の音が聞こえてくる。おそらく乗馬クラブの生徒が、練習をするためこちらに向かっているのだろう。

この状況で彼らに来られたら、ビジュアル的に完全に私が悪者じゃないの。

シオンに視線を戻すと、彼は人の悪い笑みを見せて大きく息を吸い込んだ。

――あっ、叫ばれる。

「誰んっ……う、っん……っ」

私は躊躇せず、今度はシオンの口を自分の唇で塞いだ。

シオンの目が見開かれる。

まさか私がキスをしてくるとは思わなかったんだろう。

私としてはもう、あれだけシオンとキスしたのだから、もう一回キスしようが十回しようが今さらである。

先ほどまで無抵抗で横たわっていたシオンが、これでもかと暴れ、声をあげようとする。

どこにこんな力が残っていたんだか……

私は魔力を込め、蔓の締めつけをきつくする。

今蔓がほどけたらヤバイ。シオンに声を出されてもヤバイ。

この状況で誰かに見つかったら……私の立場がもっとヤバイ。

「んっ……だれかぁ……」

唇が離れる度に、シオンは助けを求めようとする。

どうしよう、どうしよう、どうしよう!!　さらに蔓で締め上げても、抵抗を止めない。

一発みぞおちを思いっきり蹴り飛ばすしか……と公爵令嬢にあるまじき考えが浮かぶ。

いや、もう最悪黙るなら二、三発いこうか。

顔を必死にそらして私の唇から逃れようとする、汗を掻いた美少年。それを必死に両手で押さえ込み、無理やり唇を重ねる私。

もう、本当にどっちが悪役なんだかわからないわ。いや、私、悪役令嬢だったわ。

蔓をこれ以上締めつけたら、たぶんシオンの骨が折れる。

なにか他に手はないの……なにか。

蔓を顔まで伸ばして猿轡のように……ってそんな繊細な調整が私にできるとは思えないし、最悪絞め殺してしまいそう。

今の私じゃ、魔法でこれ以上できることはなさそうだ。

必死に逃れようとしている美少年を見下ろして、私はここ最近のオカズ……フォルトのことを思い出した。

とりあえずせっかく直接触れ合っているのだから、フォルトにしたみたいに、シオンの口から魔力を流し込んでみよう。

幸い、シオンは万全の調子ではなく魔力はカツカツ。普段だったら絶対に無理だろうけれど、今なら私が主導権を握れるかもしれない。

だめだったら、諦めてみぞおちを思いっきり二、三発蹴ろう。

私は魔力をズッと動かし、唇からセクハラ的な意思を持って注ぎ込む。瞬間、シオンの顔が強ばった。

「嘘っ……！」

小さく悲鳴をあげて、シオンは暴れるのを止めた。

先ほど、痛みはなかったとはいえ、シオンは悪意を持って私に魔力を流したのだ。

得体の知れない魔力を注ぎ込まれる恐怖を、彼も味わうべきである。

なんとか残る魔力を絞り出しているのだろう、シオンに私の魔力がぐぐっと押し返されるが大したことはない。

シオンがきつくこちらを見据えているけれど、ここで止めてなどあげない。

後は、もうろくに抵抗できないシオンをいたぶるだけである。

シオンの魔力線に魔力を流し、弱いところを探る。しかし、シオンは必死に身体を捩った。

あーもー、やりにくい。

私はシオンを仰向けにすると、その上にまたがり覆いかぶさる。

その時、すぐ近くを馬が駆ける音がして、遠くに離れていった。つまり、シオンの助けはもう来なくなったということだ。

それまで魔力を使って僅かながらも抵抗していたシオンは、とうとう諦めたようだ。

怒りを込めて私を見つめるシオンの瞳が、なんだか逆に私をゾクゾクさせる。

フォルトの時はなんとか危ない道に進まなくてすんだのに、もうこれは思いっきり大きな一歩を踏み出してしまったわ。

先に弁明させて。不本意だけれどいつの間にか踏み出してしまったのよ。

人にはそれぞれに才能があるもの。私の魔力がこのような卑猥なことをするのに特化していたとは……

表情でシオンが嫌がる場所を瞬時に判断し、的確かつ念入りに、そこばかりに魔力を出し入れしてやる。

……ここが嫌なんですね、弱いんですね。

抵抗にもならないほどの弱い魔力を押しのけて、集中的に攻め立てたところ、シオンはすっかり無抵抗になった。

あれほど私を睨んでいた瞳が、トロンと甘く見つめてくる。

はい、完全に調子に乗って脱線しておりました。

本来の目的を果たすため、私は唇をゆっくりと離す。

「あっ……」

名残惜しげな声をあげるシオンが可愛くて、とりあえずもう一回軽くキスをした。

「えーっと、シオン。私は貴方に危害を加えるつもりはありません。……この状況では信じてもらえないかもしれませんが」

うるんだ瞳でぼーっとこちらを見つめるだけで、シオンはなにも答えない。

私の話など聞くつもりがないのか、やりすぎちゃったのか……

魔力切れよね……たぶん。ほら、抵抗していたし。うん。

ぐったりしているシオンの頬を指でなでたり引っ張ったりしてみるが、一向にリアクションはない。

とりあえず、シオンをなんとかしなければ。

シオンは私に対してすでに本性を見せてしまったのだ。

加えて、私が彼の秘密を知っていることもうっかりミスで伝わったから、シオンに目をつけられたはずだわ。

　さすがに公爵令嬢であるレーナを殺しはしないだろうが、脅(おど)されたり攻撃されたりする可能性は十分にある。

　それに今後発生するかもしれない生徒失踪(しっそう)事件を防ぎ、私の学園生活をより安心安全なものにするには、今ここでシオンを私のほうに引き入れなければならない。

「貴方が今血眼(ちまなこ)になって探し、殺そうとしている第二王子の暗殺に成功したとしても、いずれ教会から切られる。それに孤児院の人達だって、貴方が暗殺に手を染めるのを望んでいないはずです」

「アンタ、本当に何者なんだよ？」

　私の言葉を聞いてシオンは正気に戻ったらしい。相変わらず簀巻(すま)きのままだけれど、シオンは怪訝(けげん)な表情で尋ねる。

「私は、アンバー領公爵令嬢、レーナ・アーヴァ――」

「それは知ってる。アンタ、わかっててとぼけようとしてるでしょ」

　シオンにズバリ切り返される。

　私がこんな重要機密事項を知っているのはゲームをプレイしたからだ、なんて言っても信じてもらえるとは思えない。

嘘を吐かず、かつシオンを納得させる理由がいるのだ。

「どうやって知り得たのかは言えない。ただ、私は公爵の娘よ。国王を支える一貴族として、クーデターを引き起こそうと密かに企む教会の動きに敏感になるのは当たり前だわ」

「だから教会の神官である僕のことを調べて、魔力防御の対策までしていたってわけ？　それに、アンタは今、教会側の人間である僕の敵だって言った。そんなアンタをどう信用しろっていうんだよ」

シオンの言うことはもっともだ。

表立って争ってはいないものの、その実、王家と教会は常に緊張関係にある。王家側の私に教会側のシオンがなにを言われても、信用しろというのは無理な話。

「信じてもらえないだろうけど、貴方の説得は私個人のためにしているわ。だって今見逃せば、暗殺計画を知っている私を貴方はただではおかないでしょう？　それに貴方、暗殺を命じられているといっても、本当に人を殺す心構えができているの？」

私の言葉に、シオンはびくっと肩を震わせた。

シオンが最初に人を殺めたのは、最終学年である六年生となってからだ。

ゲームでシオンは最後の最後まで人を殺めたことを後悔していた。治癒師である自分の手が、血に汚れてしまったと……

幸いなことに、今はまだ入学して間もない一年目。シオンが暗殺者として覚悟を決めて動き出す、ずっと前だ。

だからどうか、命を奪う覚悟ができていない今、踏みとどまって。

私は、シオンにそっと手を伸ばした。

ぐるぐると彼の身体に巻きついた蔓の隙間から、ほんの少し覗いているシオンの指先に触れる。

「触らないでよ！」

シオンは目を剥き、激昂した。しかし、それは同時にひどく怯えているようにも見える。

私は優しく彼に語りかけた。

「今ならまだ間に合います。人を傷つけたことはあるかもしれないけれど、まだ殺めてない。このまま本当に暗殺計画を遂行したら絶対に後悔するわ」

「アンタに僕のなにがわかるっていうんだよ。どうせアンタも僕を利用したいだけなんでしょ！」

大きな声でなおも拒絶し続けるシオン。でも、ここで諦めるわけにはいかないのだ。

私は両手でシオンの手に触れた。

「少なくとも、私はシオンに人を殺せなんて絶対に言わない」

「信じられるわけないでしょ」

「孤児院のことも、公爵令嬢である私とならば、新たな選択肢を見つけることができるんじゃないかしら」

「僕のことなんて、今さえ逃げ切れば公爵令嬢のアンタならどうとでもなるでしょ。どうしてそこまで僕に執着するのさ？　なにが目的？　魔力？　身体？」

　シオンはこれまで、常に誰かに利用されてきたのかもしれない。

　タダより高いものはないというし、こちらもシオンに対価を望んだほうが、シオンとしても納得できるのだろうか。

「貴方が暗殺に加担(かたん)しないというだけで十分意味はあるわ。私と皆の楽しい学園生活のためにも」

「僕が暗殺に動いてるのを知ってるなら、怪(あや)しい僕を引き込むよりさっさと学園から追い出せばいい。アンタならできるはず」

　学園から追い出すだけなら簡単だろう。

　しかし、学園から去っただけでは、シオンと教会の関係は終わらない。

「あっ、戦闘訓練の授業があるでしょ。六人でパーティーを組んで魔物と実際に戦うやつ。私のパーティーには火と水と雷はいるのですが、回復魔法を使える人がちょうどいないのよ。パーティーに回復役って絶対必要だと思うのよね。私は魔法はあんまりで……。教会を抜けた後のことは、私が公爵家として全力でサポートする。だからシオンは見返りに私の授業に協力するってどうかしら」

「……ばっかじゃないの？　なんだよそれ……授業のパーティーの治癒師って」

シオンが力なくため息を吐く。

「私みたいなのは、怪我をしないために専属治療師が必要なの。ほんの少しでも傷痕が残ったら大変なんですから」

「僕、教会の人間だよ。しかも、僕がなにをしようとしているか知ってるんでしょ……？その上で僕を勧誘するだなんて……ホント、アンタどうかしてるよ」

「貴方が教会の人間なんて大した問題じゃないわ！　ＷＩＮ‐ＷＩＮならいいじゃない」

腰に手を当ててニッと頬を緩める私。そんな私を見てシオンがほんの少しだけ笑った。

「なんだよそれ……」

「お互い得することがあるっていう意味です」

少し沈黙した後、シオンは少し不機嫌な表情で小さく言う。

「……手出して、僕の気が変わる前に」

私の手なんかどうするのだろう？

言われるままシオンの顔の前に左手を差し出した。

シオンが顔をゆっくりと持ち上げ、私の左手に近づく。

不思議に思いながらシオンを見ていた私は、突然手に走った激痛に叫び声をあげた。

「痛い!!　えっ……ちょっ、なんで指。あっ、ちぎれてない……よかった。ちぎれたかと思った」

私の左手の薬指についたきれいな歯形から、血が滲んでいる。

なんと、シオンは思いっきり私の指を噛んだのだ。

もー、どうして、私を噛むの!?

「もたもたしてないで。早く」

「いやいや、貴方ねぇ、人の指に思いっきり噛みついておいて――」

「血の盟約。聞いたことくらいあるでしょ」

うん、聞いたことない。

『血の盟約』なんて単語、ゲームで一度も出てきたことがないけど。

突然出てきた意味不明な言葉に戸惑っていると、シオンが血が流れ落ちる私の指に舌を這わせた。

ぬるりと温かな舌が、指についた歯形に沿って血を丁寧に舐めとる。

どことなくいけないことをしている気分になる中、シオンが舌を離した。

「貴方を裏切ることあれば、この血が私を蝕みましょう」

シオンがそう言うと同時に私の指の痛みは引き、彼の噛み傷もすっかり消え去った。

「完了。ほら、もうこれで僕は絶対レーナ様に危害を加えられない。だから、これいい加減外して!!」

「ちょっと待ってちょうだい。もしかして今ので盟約ってやつが結ばれてしまったの!?」

承諾もしてないのに！

「うん。今後レーナ様を主として心から服従しますと誓ったの。手の怪我も治ったでしょ。僕のこと疑って調べるほどだから、これくらいしておけば僕が裏切るかもって思わずにすむでしょ」

シオン曰く、『血の盟約』とは主と認めた人と結ぶ契約の一つらしい。

従者は主の血を身体に取り込み、その血に逆らわないことを心から誓う。

もし、従者が主を傷つけようとすれば、従者はとてつもない苦痛を感じるとか。また、主に命の危機が迫ったり、魔力が著しく減少したりすると、従者に主の位置がなんとなく伝わるというから驚きだ。

「説明もしたんだから、いい加減これを外してよ。まったく、公爵令嬢なのにこんなのも知らないわけ⁉」

確かに、ずっとこのまま蔓を巻きつけておくわけにはいかない。私はシオンの言ってることを信じて蔓を外すことにした。

えっと、緩めればいいのよね。蔓に魔力を込めてっと……

ぎゅうううううう。

「ちょっと‼　締まってる締まってる‼」

「あれ？　おかしいわね」

うーん、魔力を込めたら取れるかなって思ったんだけど。

小首を傾げる私に、シオンは恨めしげな目を向ける。

「あれ？　じゃないでしょ。人の身体だと思って」

「えーっと」

「嘘でしょ……まさかなんだけど、緩めたりできないのこれ？」

まさにその通りで、ニッコリと微笑んで誤魔化してみる。

さてさて、これ本当にどうやって緩めるのでしょう。

シオンには申し訳ないが、お花を咲かせることくらいしかしたことがないからわからない。それすら、普段は気合を入れてなんとかという状態だから、今回のは火事場の馬鹿力みたいなものだ。

それにしても、なんか暑いわ……緊張が解けたからかしら。思わず顔を手で扇いでしまう。

シオンは目を閉じて一際大きなため息を吐いた。

「あーもう！　僕の左の足首のところについてるやつ取って！」

シオンの足元にまわりズボンの裾をまくると、足首に翡翠のような石でできたアンクレットがついていた。

「これを取ればいいのねって……どうやって取ればいいの？」

「ちょっと触れれば外れるから」

言われた通り少し触れると、アンクレットは勝手に外れた。

その瞬間、シオンの白い髪と金色の瞳が漆黒に変わる。

「なにこれ……どういうこと……え？」

戸惑う私を前に、シオンがブチブチと蔓を引き裂いた。

「こっちが本当の僕。黒は穢れってことで教会ではひどく嫌われるの。だからこうして色を変えるため無駄に魔力を割いていたってわけ」

すっかり蔓から脱出して、シオンは落ちていたアンクレットを拾う。ニヤリと黒い笑みを浮かべるその姿は、先ほどまで魔力切れしていたのが嘘のようだ。

私、今、ヤバイかもしれない。

なんとなーく後ろに下がる。

「あれ？　どうして離れるのさ」

シオンがニッコリと微笑み、私に歩み寄る。

「なんとなく……こう、雰囲気的に？」

口元に手をやり、悪役令嬢らしくホホホッと笑って取り繕う。

「大丈夫だよ。契約しちゃったから、主であるレーナ様を害することはもうできない。僕も辛い思いをするし。でも、僕がなんとなーく無性に石を投げたくなって、その石がたまたまレーナ様に当たったりするのは……あるかもしれないね？」

ひいぃぃぃ！　私を害する気持ちゼロとか嘘じゃない!!

私の顔からさーっと血が引く。

「冗談だよ。というか、さっきから手で顔を扇いでいるの魔力切れの前兆だからね。今日はもう魔力を使うのは止めておいたほうがいいよ」

シオンはそう言いながら、パンパンと制服についた汚れを払う。

おっしゃる通り、さっきから暑いのよね。シオンの言葉で一気に背筋まで凍えたけど。

「魔力さえ使わなければ、少し身体は辛いけれど動けるから。ほら、戻るよ」

シオンが私に手を差し出す。

私がシオンの手を掴んだ瞬間――

「っ!?」

シオンは私を引き寄せて、またもキスをした。

驚いたものの、『一回増えたって今さらよ！』と思っていたのは、舌が入ってくるまでだった……。

押し返しても、背中をグーで叩いてもシオンは離れない。

「むーーー！」

「僕、やられっぱなしって性に合わないの。よろしくね、ご主人様」

ようやく私を解放したシオンは、ペロリと自分の唇を舐めあげ、悪い顔で笑った。

白髪に金の瞳の時は天使っぽさが残っていたが、黒い髪と瞳でその発言されちゃうと完全に悪魔だ……。

その時、カラーン、カラーンと時間を告げる鐘が鳴った。そこでようやく私は、アンナとミリーと街に遊びに行く約束を思い出した。

「大変！　約束があったのに」

これって、十二時？　十三時？　どっちの鐘の音なの。

十二時なら、約束の時間まであと一時間三十分。十三時だと三十分しか時間がないじゃないの。

制服はところどころ破れているし、髪もひどい有様。どうしよう!!

このまま待ち合わせ場所にまっすぐ行けば、約束の時間には間に合いそうだけれど、この恰好で私が登場したらそれこそ大問題になる。

「約束？」

シオンが小首を傾げる。

「最初から言っていたでしょ、この後約束があるからと！　それをこんなになるまで私を追いまわすから！　もうもうっ！　髪も服も……どうしよう」

ぎゅっと汚れた制服を掴んで顔を俯ける私を見て、シオンは「はーっ」と深く息を吐いた。

「銀貨三枚ね、支払いは後でいいよ……。これ、苦いから嫌いなんだよね、僕」

シオンは制服のポケットをごそごそと漁り、小さな小瓶を取り出すと、それを一気に飲み干す。

「髪と瞳は……まぁ、目撃された時を考えるとこのほうが都合がいいかな。じゃあ」

「ちょっと。今度はなに？」

すると、シオンは有無を言わせず私を担ぎあげた。ジークと違いお姫様抱っこじゃなくて、肩に担がれた状態である。これじゃ米俵だ。

「歯しっかり食いしばってね。僕も落とさないように気を使うけれど、できるだけ自力でしがみついていて。僕まだ少しイライラしていて、うっかり落とすかもしれないから」

縁起でもないことを言われ、とりあえず、私はシオンの制服をぎゅっと握る。

それを確認すると、シオンはすさまじい速さで走り始めた。

目がまわるほどの速度で、木々すれすれをあっという間に駆け抜けていく。

揺れる揺れる揺れる。気持ち悪い！

「もし吐いたら、僕ビックリしてきっと落としてしまうと思うよ。もう一度言うね。吐いたら落としちゃうと思うよ」

シオンも吐かれてはたまらないのだろう、私を抱える手に力がこもる。

私は手をシオンの制服から離し、急いで自分の口元を押さえた。

あれほど逃げるために一生懸命走った道をあっという間に走り抜け、私は寮の部屋に着いた。メイドは案の定一人もいない。

時刻は十三時十五分。やはり、あれは十三時のほうの鐘だった！

「誰もいないんだね。まぁ、そのほうが好都合かな。よし、脱げ」

……キスくらいならともかく、まだその次の覚悟は決まってなかった。

私の顔が青くなるのがわかる。

そんな私の様子を見て、シオンが心底呆れたとばかりに首を横に振る。

「なに勘違いしてんの？　僕にだって選ぶ権利があるの。そんな貧相な身体に興奮するほど飢えてないから。……その恰好じゃ遊びになんかいけないでしょ。服はどこ？」

確かに、レーナの乳は残念な部類だ。

両サイドに常時たわわなタイプが並んでるから、己の乳と比べては辛い毎日を送っている。

落ち込む私を横目に、シオンは部屋の中にずかずかと入り込む。

私がモタモタと制服を脱いでいる間に、シオンはどこで見つけてきたのか濡れたタオルを持ってきて、私の顔に乱暴に押しつけた。

顔、腕、身体、足とまるで小さい子供の世話をするかのように淡々と拭かれる。

「はい、これ着て。そこ座れ」

もう言われるままである。

髪をほどかれ、櫛でとかれる。

「なんでこんなにめんどくさい髪型してんだよ、もう」

などと言いつつ、テキパキと元の編み込みのハーフアップが復元されていく。

「お支度代、別途請求ね。もう待ち合わせ時間まで五分もないし……待ち合わせ場所は？」

「校門のところです」

「鞄は持った？　財布は？」

「持ちました」

「窓は換気のため開けておく。いいよね？」

「はい」

「歯、しっかり食いしばってね」

ん？　歯を食いしばるってなにかしら？

顔を殴られる時以外に聞かないような台詞だ。

脳内が『？』で一杯の私は、またもシオンに抱えられた。今度はお姫様抱っこである。

「ねぇ、シオン」

「声出さないでね。他の部屋に人がいるかもしれないし」

「お願い私の話をちゃんと聞いて、そっちは……窓よ」

それにこの部屋は五階よ……

彼がなにをしようとしているか、ほんのりとわかった私の声が思わず震える。

「うん、知ってる。歯は本当に食いしばったほうがいいよ」

シオンは私を抱えたまま、窓枠に足をかけて五階から躊躇(ちゅうちょ)することなく飛んだ。

私は必死に歯を食いしばり、目をぎゅっと閉じる。

……五階って、自殺するような高さだよ、これは。

すると、頭上で短い詠唱(えいしょう)が聞こえて、次の瞬間鈍(にぶ)い衝撃を感じた。

おそるおそる目を開けると、そこはもう寮(りょう)の庭だった。

生きている……。生きてるよ、私。

「痛いなぁ……もう。強化してたけど、さすがに折れたな」

『痛いなぁ』で、すむような高さではない。

折れたって……シオンそもそも無事にすんでないじゃない。

しかし、骨が折れたと言うのに、シオンはすぐに私を抱えたまま立ち上がった。

「ちょっと、足は?」

「もう治した」

もう、折れた足の骨を治したというの？　そういえば、ゲームでは取れた指とか一瞬でくっつけていたわ。

それからシオンは私を抱えたまま、待ち合わせの場所の近くまで走った。

「よし、ここからなら少しの遅刻ですむよね。では、今後のことは明日改めてお話しいたしましょう。ごきげんよう、レーナ様」

そう言うと、シオンは私を置いてサッと姿を消した。

いろいろ言いたいことや聞きたいことはあるけれど、とにかく遅刻遅刻！

遅刻は社会人のマナーとしてだめ、絶対。と私は全力疾走したのだった。


「「レーナ様ごきげんよう」」

私の姿に気づいたアンナとミリーが、私服のスカートの裾をほんの少しだけ持ち腰をおとす。

「遅れてしまい、すみません。今日があまりにも楽しみで寝坊してしまい……」

「私もアンナも今来たところですよ。レーナ様も、昨夜はあまり眠れなかったのですか？

実は、私も楽しみで昨夜は眠れませんでした。美味しいカフェもあるそうですし、可愛らしい雑貨や手芸店も見たいです！」

興奮気味に言うミリーを見て、隣に立つアンナがくすくすとおかしそうに笑う。

「ミリーたら、さっきからずっとこの調子なんですのよ」

「なによ、アンナだってさっきまで同じようだったではありませんか」

キャッキャと今日これからどうするという会話が始まる。

……あぁ、癒される。

私が本来いるべき場所は、私の顔を認識してない婚約者の隣でも、ニッコリ笑顔で追いかけてくるサディストの隣でもない。この二人の間なのよ。

「レーナ様、こちらなんていかがですか？　とてもいい生地ですし、金のお髪には青色が映えますわ。まぁ、寮に来る外商よりも随分と安いです！」

「レーナ様、なにやらあちらから香ばしい香りが」

さっそく訪れた手芸店できれいな布を手に満面の笑みを見せるミリー。そんな彼女の隣で、アンナがくんくんと鼻を鳴らす。

――これだわ。私が求めていたのはこういう平穏なスクールライフよ。

とりあえず、昼食を食べ損ねてしまったから、ミリーの布よりアンナの美味しそうな香り、採用！

そうと決まれば、皆でいそいそと屋台の列に並ぶ。

「レーナ様、私こういったのは初めてです。とてもいい香り」

「本当ね、アンナ」

「歩きながら食べて怒られたりしないでしょうか？」

ミリーが不安そうに話しかけてくる。

さすがお嬢様。屋台で買い食いとかしたことなかったんだろうなぁ。

「他の方も同じようにしていますし、気にする方達は最初からこの辺りには近寄らないでしょう。どんな味がするのかしらね、アンナ、ミリー」

人気があるのか、タレをつけて焼いたなんかの肉の串を、街ゆく人が頬張りながら歩いている。

美味しそう。三本はいけそう。

――こちらの世界に来て初めての屋台での買い食いは、大変美味しかった。私が三本も食べたのを見て、アンナとミリーが若干引いていたようだけど気にしない。

その後さらにお茶をして、二人がケーキを食べる中、私は軽食を頼んだけど……

お茶を楽しんだ私達は、ミリーたっての希望で雑貨や小物売り場を見に行くことにした。

お揃いの髪飾りを買ってキャッキャとすごく楽しい。

あぁ、午前中の騒動が嘘のよう。

通りを歩いていると、庶民のヒロインでは買うのを諦めたものや、ゲームの後半でやっと買えたものが目に入った。

しかし、私は公爵令嬢。私の財布には潤沢な資金がある。

メイド達も、足りなくて恥をかかれてはと言っていたから、余計に足してくれたのかもしれない。

それにしても、ヒロインには高価な品々も所詮は庶民価格。

それも学生が学業の傍らお金を貯める程度で買えるくらいのものだから、貴族の令嬢には造作もない。

店内に展示された品物を一つ一つ手に取って眺める。

確かこれは、魔法の詠唱が速くなるやつ、これは命中率が上がるやつ。

わかる……私には装備品の効果がわかるわ！　だてにゲームやってないわ！

命中率が上がるのをアンナが装備すれば、魔法の制御が上手くいくかもしれない。よし、すすめてみよう。

「アンナにはこれがオススメよ。デザインも素敵だし、なにより魔法の制御が上手くできそうな気がします」

「そうですか？　ではこちらも私に包んでくださる？」

私がおすすめすると、アンナはあっさり店のおじさんにその商品を手渡す。

「はい、喜んでー！」

「ミリーにはこっちね。水の魔法は大量に水を出せるほど、戦闘でできることが増えるのよ。これは、大幅に魔法の威力が増大する気がします」

並ぶアクセサリーの中から、ミリーの属性に合った効果を持っているものをズバリ選ぶ。

「では、私にこちらを」

ミリーもあっさり私がすすめた商品を購入すると決めた。

「はい、喜んでー！」

店側からすると高額なアクセサリーが次々と売れるものだから、店のおじさんのテンションが先ほどからおかしい。

このおじさんは、ゲームではこんな飲食店で注文が入った時に言うような、マニュアル的な掛け声をする人ではなかった。

むしろニコリともしない寡黙(かもく)なおじさんだったはずなのよ。

戸惑いつつ、私は店の奥に飾られたネックレスに目を向けた。

リボン形にキラキラした石が埋め込まれたネックレスは、庶民がお金を貯めて貯めてやっと買えるかどうかの代物である。

これは魔力の底上げ、命中率の大幅増大、無駄に運まで上がる素晴らしいアイテム――通称LUCKYネックレスだ。ゲームをプレイしていた時、喉から手が出るほど欲しかったのを覚えている。

庶民御用達の店のくせに、お客に買わせるつもりなどまったくないでしょ、と憤ったものだ。

逆に『買えるものなら買ってみな！』って挑発しているとすら思っていたけど、こういうのって、お金を持っている人がポンッと買うものだと今わかった。

……せっかく公爵令嬢なんだもの、もちろん買ってやりました！

魔力や命中率も大事だが、なにより運大事。

事実、私はこのネックレスにかなり期待していた。

ジークとの遭遇をなるべく回避できればラッキー。シオンのようなヤバイ人物が、私を待ち構えていてうっかり遭遇しなければ、よりラッキーだ。

寮へ先まわりして立っていたシオンを見つけた時の、あの恐怖ときたら……思い返すだけでブルッとしてしまう。

しっかり、レーナ。もう、あの恐怖は終わったのよ。楽しい女の子同士のお買い物の世界に戻ろう。

気を取り直して、店の商品をさらに物色する。

他のアクセサリーのデザインも可愛らしく、私だけではなくアンナとミリーも手頃な価格でいろいろ購入できてニコニコだ。

買い物が終わると店の無愛想なおじさんは、これまで一度も見たことのないとてもいい笑顔で扉を開け、店の外まで出て頭を深々と私達に下げていた。

それから、再び活気に溢れる通りを歩き始めた私達。

ミリーは街に着ていく用に新しく服を仕立ててもらいましょう、といろいろな布を買い、アンナも負けじと続く。私も何枚か二人に見繕ってもらった。

そうしてたっぷりショッピングを楽しんだ私達は、帰路についたのだった。

……楽しい一日だったなぁ。いい買い物もできたし。

寮の自室で、ベッドに座りながら一日を振り返る。

明日もまわりきれなかったところに行くことになったから、とっても楽しみ。明日は皆でなにをしよう。

今日一番の収穫は、ゲームで何周プレイしても買えなかったLUCKYネックレスを手に入れたことかもしれない。

首に揺れる華奢なリボン形のネックレスに、私はかなりご満悦だ。

ちなみに、ＬＵＣＫＹネックレスの効果はすぐに発揮された。

シオンに追いかけられたことで破れてしまった制服だったが、医務室のアイベル先生のナイスアシストにより誤魔化すことに成功したのだ。

というのも、先ほどアイベル先生が私の部屋に、『その後、具合が悪くなっていないか？』と様子を見に来てくれたのである。

先生の話を聞いたメイドが、制服がボロボロになったのは梯子から落ちたためと勘違いしてくれたのだ。

まあ、おかげで図書館の梯子から落ちたことはばれてしまった。でも、シオンとの出来事が明るみに出るより全然まし！　これが、運の力！

どうやって誤魔化すかすっかり忘れていたけれど、いい感じに帳尻が合ったわ。

ほっと息を吐き、私は心地よい眠りについたのだった。

次の日、目覚まし時計が鳴るよりも早く目が覚めた。

窓の前に立ち、朝日を全身に浴びつつ思いっきり伸びをする。

実に清々しい朝だわ。

ほどなくして現れたメイドの手により、手早く朝の支度をすませ朝食の席に着く。今日の朝ご飯も美味しい。

朝食をパクつきながら、メイド達に声をかけた。

「今日は、午前中に来客があると思います」

シオンのことだから神官を辞める話を詰めるべく、今日の午前中にでも私を訪ねてくるだろう。

あらかじめ予想して対策をしておくことで、私の心に余裕が生まれるのよ。

「かしこまりました。こちらの部屋にお通しすればよろしいですか？」

「ええ、よろしく頼むわね」

とりあえず、食事が終わったからお茶でも飲んで、ゆっくりシオンが訪問するのを待ちましょう。

私は紅茶を飲みつつ、窓の外に目を向けた。空には雲ひとつない。

そういえば……昨日シオンに担がれて、強制的にこの窓から飛び降りる羽目になったんだった。

今さらだけど、よく死ななかったわね……この部屋五階だし。

でも、もう大丈夫。昨日までの私はもういない。だって、私は昨日購入したＬＵＣＫ

Yネックレスを装備しているのだから。

もうあんな恐ろしい目に遭うことはないはず。

昨日も上手く制服の破れを誤魔化せたし、さっそく運がアップしている気がするわ。

このネックレスは、前世からなにかとツイていない私の救世主ね。

LUCKYネックレス様、どうかお願いします。これからもどうか私を守ってください。

ひっそりと祈りを捧げていると、ドアがノックされメイドが顔を出した。

「レーナ様。お客様がいらっしゃっているのですが……」

はいはい、予想通り。シオンがこれからのことを話しに来たのね。

「食事はすんでおりますから、どうぞ入ってもらって」

私がメイドに声をかけると、彼女は一礼して下がり……なぜかフォルトが姿を現した。

「えっ？」

予想通り……じゃない。

あれ？　私が待っていたのはシオンであってフォルトではない。彼は私に用事などないはずだ。

「レーナ嬢、朝早くから突然訪問してすまない」

「いえ……構いません。誰かフォルトにお茶を持ってきてくださる？」

　そうして、やってきてしまったフォルトに席をすすめ、お茶を用意してもらった。

　——あー、それにしてもお茶が美味しいわ。

　でも、朝からすでに四杯飲んでチャプチャプになってきちゃったわよ、私のお腹。

　なんでお腹がチャプチャプになったかっていうと、フォルトは私に会いに来たにもかかわらず、なにも話さないからだ。

　取り立てて仲がいいわけではないので間が持たず、私は黙々とお茶を飲んでしまったのだ。

　……まったく。ずっと黙ってるし、いったい朝からなにをしに来たの？　状態である。

「誰か、お茶菓子のおかわりを持ってきてくださる？」

「かしこまりました、お嬢様。ただいまお持ちいたします」

　お茶はもうこれ以上飲めないから、お菓子をつまんでこの沈黙を回避しよう。

　せっかくお昼は街で食べようと、アンナとミリーと約束しているのに、このままお腹いっぱいお菓子を食べては台無しだわ。

　仕方なく私からフォルトに話しかけることにした。

「えっと、ところで、フォルトはなにをしにいらしたの？」

しかし、その時、タイミング悪くドアがノックされた。

「お嬢様、あの、また……」

「はぁ……お通しして」

ようやく予想していた人物が到着したのだろう。

ドアに目を向けると、案の定シオンが入ってきた。

「ご機嫌いかがですか、レーナ様。昨日は梯子(はしご)から落ちてしまったそうで……」

おかわいそうにって顔をしているけど、このネタを仕入れたから、さっそくいじってやろうと考えているのはお見通しよ！

「お気遣いありがとうございます」

こういうのは笑って受け流し、相手にしないのが一番だ。

「……これは、フォルト様。貴方もレーナ様に会いに来られていたんですね～」

シオンはフォルトの存在に大して驚きもせず、ふんわりと笑う。しかし……

『ちょっと、これどういうことなのさ？』

まったく笑っていない彼の目が、そう私に問うている。

私は軽く首を横に振り、フォルトを一瞥(いちべつ)してシオンに視線を返す。

『私だってよくわかんないわ』

動揺が伝わらないよう精一杯笑顔を作り、私は手際(てぎわ)よくシオンの席を準備したメイドに声をかけた。

「声をかけるまで部屋から離れていてもらえるかしら?」

「かしこまりました。人払いいたします」

メイドは礼儀正しく一礼して、部屋から静かに出ていった。

……さてさて、気まずいお茶会のスタートです☆　とかふざけている場合ではないわ。

シオンが席に着いてもフォルトは一向に話さず、かといって帰るわけでもない。

『ちょっとレーナ様。これ、本当にどういうつもりなの?』

『シオン違うのよ、私にだってなんでフォルトが部屋に来たのかよくわかんないのよ』

『もうなんとかしてよ!　一応親戚(しんせき)なんでしょ』

『ムリムリ、フォルトとはそんなに仲良くないもん』

視線とジェスチャーで、シオンと声を出さずに会話する。ヤバイ、シオンこのままだと切れそう。

「えーっと、フォルト様はどうしてレーナ様のところに?」

シオンがしびれを切らし、沈黙を破る。

すると、フォルトはちらりと私を見て、俯(うつむ)き加減に小さく口を開いた。

「……昨日のことで少しレーナ嬢の様子が気になって……。元気そうで安心した」

やっと話したと思ったら、フォルトはやっぱりいいやつだった。

シオンのせいですっかり忘れてしまっていたけれど、昨日フォルトの制服を涙と鼻水まみれにするほど泣きじゃくり、あまつさえ介抱までさせたのは私でした。

「フォルト、制服は大丈夫でしたか？」

「あぁ、上手く誤魔化せたと思う……」

またも沈黙である。

『ちょっと勘弁してよ、この沈黙。さっきは僕が切り出したんだから、次はそっちが話してよね』

『ええ、私が⁉』

『は、や、く、し、て』

シオンにせっつかれて、しぶしぶ再びフォルトに話しかける。

確かに、これが終わらないとシオンといろいろ話せないし。

「フォルト、昨日は本当にありがとう。恥ずかしいところを見せてしまって、ごめんなさいね。えーと、えーと」

シオンをちらりと見る。

シオンの目が、『ほら、止まんな。続けろ。とにかくなんとかしろ』と語っている。

「私はこの通り元気です。だから気にしないで。そして、昨日の失態はできるだけ早く忘れてくれると嬉しいわ」

「……わかった」

ふう、これでフォルトの話は終わりだろうから、さっさとお帰り願おう。シオンとの話を進めなくちゃだし。

「ところで、シオンはなぜ朝からここに？」

私との話が一段落すると、フォルトは突如シオンに突っ込んだ質問をした。

「僕が昨日かけた回復魔法がどうなったのかな……というのは建前で、レーナ様に教会からの引き抜きの話を持ちかけられたので」

「引き抜き？」

フォルトが驚いた表情で私のほうを見る。

「回復魔法の使い手は少ないでしょう。だから将来的に我が領に来てもらえないかしら、と。話を持ちかけるのはタダですから、上手く教会から引き抜ければ儲けものだと思って」

「シオンはどう考えているんだ？」

「教会の援助がなくなると生活費に困りますし、今の学生寮の部屋からも出ないといけません。でも、その面さえクリアすれば、僕はレーナ様の下についても構わないと思っていますよ～」

シオンが掴みどころがない態度で、フォルトに微笑みを返す。

「……なるほど。その話は俺も非常に興味がある。詳しく聞かせてくれ。なぁ、シオン。先ほどメイドが、レーナ嬢はいつものメンバーで昼食を外に食べに行くと言ってたから、そろそろ準備をしないとならないだろ。俺達はここで失礼しよう」

流れるようにそう言うと、フォルトはすっくと立ち上がり、シオンの腕を引っ張っていってしまった。

部屋に一人残された私は、呆然と二人が出ていったドアを見つめる。

急になに？　私はシオンと話したいことがたくさんあったのに！　絶対にシオン怒っているよ、もうー。

◆　◇　◆

シオンは、フォルトに手首を掴まれ学園を歩いていた。

「フォルト様、ちょっと待ってください。困ります、僕は今日、レーナ様とお話ししたいことがあったんですよ」

早足で進むフォルトの後ろを、シオンは小走りでついていく。無理やり引かれているため、少々不恰好だ。

「先ほども言ったが、レーナ嬢はこの後予定がある。それに俺もシオンと少し話がしたい」

フォルトはシオンの質問に手短に答えたが、依然掴んだ手を離さずにどんどん先へ進む。

「あの！　手を離してください。後ろをついていきますから」

シオンは、自分より頭一つ高いフォルトを見上げて訴えた。

この体勢は人目につくし、貴族の生徒と一緒にいるところなど見られたくない。学園で公に教会の神官と明らかにしているのはシオンだけだが、他にも教会側の人間であることを隠して学園にいる者がいるのだ。

そいつらに、国王の手下である貴族と親しくしている姿を見られては、自分の行動がマークされてしまう。そうしたら、どこかで自分が教会から抜けようとしていることがばれるかもしれない。

「フォルト様、聞いていますか？　そんなふうに手を引かれたら手首が痛むんですけど」

シオンが再度訴えると、フォルトはちらりとシオンに目線を寄こし、ぱっと手を離した。

「すまなかった。悪い」

ばつの悪そうな顔で、フォルトはシオンに謝罪する。

――いったい、フォルト様はなにがしたいの？

戸惑うシオンだが、下手に聞いたら藪蛇になるかもしれない。

「お気になされませんよう。レーナ様のところへは、また後日出直せばいい話ですから」

「いや、その必要はない」

フォルトは、表情を硬くしてきっぱりと言い放つ。

「えっ？」

「とぼけなくてもいい、シオンもわかっているんだろう。俺があえて、レーナ嬢とお前を引き離したことを」

「えーっ、そうだったんですか。全然気がつきませんでした」

いつになく真剣な顔のフォルトを、シオンは軽い調子で受け流し、とぼけてみせる。

「神官が教会から出るなんて話、ほとんど聞いたことはない。神官になれるほどの人物ならば信仰心も厚いし、滅多なことがなければ引き抜きなど成立しないはずだ。お前、レーナ嬢に近づいてどういうつもりだ？」

――僕の事情なんかなにも知らないくせに。

シオンは心の中で毒づき、フォルトに微笑み続ける。

「誤解されているようですが、この話は僕じゃなくてレーナ様から持ちかけてきたんですよ」

「でも、お前がレーナ嬢とまともに話をしたのは昨日が初めてのはずだ。普段なら、レーナ嬢の隣にいるご学友が絶対にお前みたいなのは近づけないからな。それなのに昨日の今日でなんでこんな話になっているんだ？　どう考えたっておかしいだろう」

「あの後、偶然お会いしてこういう話になったってだけですよ」

「偶然？　嘘をつくな。わざと近づいたんだろう」

「なにを根拠にそんなことを、僕はただ……」

弁解しようとするシオンの話を、フォルトが遮った。

「お前も知っているかもしれないが、レーナ嬢と俺はあまり仲がよくない。それでも、レーナ嬢にご学友がぴったりとつけられている意味を知らないわけじゃない。レーナ嬢があの場を去った後、俺はお前がレーナ嬢と違う方向に進むか、ちゃんと見届けてからあの場を離れた。お前が同じ方向に進むなら、俺もシオンについていくつもりだったからな。レーナ嬢はあの後、ご学友と待ち合わせをしていたそうだし、帰りはアンナ嬢とミリー嬢が、間違いなくレーナ嬢を部屋まで送り届けたはずだ。……お前は、いつレーナ嬢と接触した？」

「それは……」

きつく自分を睨むフォルトの視線から逃れるように、シオンは下を向く。

「これ以上は別に言わなくていい。ただ、もうレーナ嬢とは会わないでほしい。むやみに教会の人間と関わって、彼女が危険な目に遭うのだけは避けたいからな」

「なにそれ……」

なんとか笑顔を貼りつけているものの、シオンの本性が少しだけ漏れる。

自分だって好きで教会の神官をやっているわけじゃない。孤児院にいる大切な家族を守るため、こうして上り詰め、嫌でたまらない暗殺計画だって引き受けたというのに……なにも知らない貴族の坊ちゃんに、なぜここまでこき下ろされなければならないのか。

沸々と湧く怒りを感じながら、続くフォルトの言葉に耳を傾ける。

「アンバーの人間として、魔力をほとんど持たないレーナ嬢に、お前みたいな得体の知れないやつを近づけるわけにはいかない。彼女はアーヴァイン家の大切な直系なんだ。はっきり言う。これ以上レーナ嬢に近寄るな。話はそれだけだ」

フォルトはそう冷たく言い放つと、さっとシオンに背を向けて去っていった。シオンはその背中を見つめ、ぐっと拳を握る。

フォルトは今、シオンにはっきりと宣言したのだ。

アンバー領の貴族として、敵である教会側の人間を、魔力の低いレーナに近づけまいと。

フォルトとシオンは同じクラスだから、今後彼はシオンの動向にことさら気を配るだろう。つまり、シオンとレーナの接触は簡単には叶わなくなったというわけだ。

――やっと、教会から抜け出せるかと思ったのに。やっぱり僕には汚い仕事がお似合いってわけ？

一人残されたシオンは、誰もいない学園の通路で悲しげに自嘲した。

三　事件の始まり

あの後、結局シオンとは会えていない。

どことなくスッキリとしなくて、私は上の空だった。シオンとフォルトが私の部屋を訪ねてきてから、もう三日も経過しているのである。

何度か私も時間を見つけてはシオンの教室を訪ねたのだけど、会えないんだもの……

「シオン様になにか用があるなら、伝言や手紙を預かりましょうか？」とシオンと同じクラスの生徒に言われたこともあったものの、内容的に伝言を頼むわけにもいかない。

泣く泣く、そのありがたい申し出を断わっていた。

「レーナ様、どうかしたのですか？」

「そうです、最近ずっと元気がありませんわ」

私の部屋の中で、いつもと様子の違う私にアンナが心配そうに話しかけ、ミリーもそれに続く。

「ごめんなさい、二人とも」

「「レーナ様が謝罪なさることはございません！」」

「申し訳ないのだけど、少し考えたいことがあるの。だから……一人にしてもらえるかしら？」

手元の紅茶の入ったカップに視線を落として、私は力なく言う。

すると、二人は不安そうに顔を見合わせ、『わかりました』と言って部屋を出ていった。

シオンのことだから、日をあけずに会いに来るかと思っていたのに一向に現れず、会いに行ってもまさかの空振り。

邪魔されず考えたいから、図書館に行こうかしら。

とりあえず、シオンのことは私ができる範囲で進めなきゃ。

回復魔法の使い手はレアである。しかも、腕のいい者の大半は教会に所属している。

なぜ教会に治癒師が集まるのかずっと疑問だった。

もしかしたら、純粋に皆が神を信仰しているから教会にいるのではなく、シオンのようになにかしら弱味を握(にぎ)られていて、教会に所属させられている者が多いのかもしれない。

教会が忌(い)み嫌う色だからと、シオンは髪と瞳を白髪と金の瞳に変えていた。それに、まだ幼いシオンを脅(おど)して暗殺を実行させようとするなんて……教会は闇が深い。

簡単に教会を辞めろとシオンに言ってしまったけれど、この歳で神官になれたほどの優秀な人材を、教会は簡単に手放すだろうか？

そんなことを一人悶々(もんもん)と考えていると、あっという間に図書館に着いてしまった。

「あら、まぁ……これは」

図書館に入ると、先日まであった梯子(はしご)は撤去(てっきょ)され、新しく手すりのついたものに替わっていた。

公爵令嬢である私が落下したことで、対策がきちんと取られている。

そういえば、医務室のアイベル先生がこのことで会議するって言っていたから、その結果がこれなのかも。

手すりのついたものに変わってしまったから、ヒロインは梯子(はしご)から落下することはないだろう。そうしたら、ジークとのお姫様抱っこのイベントは発生するのかな？

もしかして私、ヒロインとジークのフラグを一つ完全に折ったかもしれない……

まぁ、深く考えるのは止めよう。

落下自体はとても危険なことだし、これで他の生徒が怪我(けが)をすることも防げる、とポジティブに考えましょう。

それから私は、図書館で教会について調べてみることにした。

それと同時に、シオンのゲームシナリオを思い出してみる。

教会の本ってあまり読む人がいないのか、割と高めの位置にあるのよね。

高くて取れないいじゃないのよ……、と奮闘(ふんとう)していると、近くにいた生徒が目当ての本を取ってくれた。お礼を言って本を借り、再び考察に戻る。

シオンは回復魔法を使って教会の利益を確保し、かつ学園都市に入れる貴重な駒(こま)だった。

貴族平民にかかわらず、一定量以上の魔力を持つ者は次世代を担(にな)う人材として魔法学園に通う。

学園は政治や宗教にはとらわれない機関。王家と教会の中立な立場を保っている。生徒が学問に集中できるよう、宗教や政治に関係する者の出入りに対しては特に厳しい。よっぽどの理由がなければ、基本的に彼らが学園に入ることは認められていない。

唯一の例外が、学園の生徒になることだけ。

学園を含む学園都市にも教会関係者は入れないから、資金集めもかねて、シオンは治癒師として学園都市で働かされていた。その他たくさんの厄介事を、シオンは次々と教会から命じられる。

その中の一つが王子暗殺というわけだが……

ゲームでは選択肢を選ぶだけですんだけれど、レーナがシオンを教会から引き抜く展開は、もちろんシナリオにはない。

幾重にも広がる選択肢の中から、自力で正解に辿り着かないといけないのだ。

……あー、頭痛くなってきた。とりあえず、帰ることにしましょう。

私は教会の歴史に関する本を一冊借り、図書館を後にした。

「レーナ嬢」

図書館を出てすぐ、後ろから聞き慣れた声が耳に入った。振り返ると、案の定声の主はフォルトだった。

しかし、どういうわけか険しい顔をしている。

「あら、フォルト。ごきげん――」

「走れ」

のんきに挨拶をする暇もなく、フォルトに手を引っ張られる。

「いったいどうしたの!?」

「立ち止まるな。レーナ嬢の姿をたまたま見つけて声をかけようとしたら、不自然にレーナ嬢の後をつけるやつが三人くらいいた」

嘘だと思いたいけれど、前を走るフォルトの顔は真剣だし、レーナとフォルトの間柄は冗談を気楽に言い合えるものではない。

まさかシオンが私を裏切った？　だから、あれ以降私と会わないようにしているとしたら……

でも、彼と私は血の盟約を結んでいる。シオンが嘘をついていないのでなければ、主である私を害することはできないはずだ。

となると、シオンと、今私の後を追いかけている人物は関係ないの？

そう思って最近のことを思い返すと……もしかしたら、という心当たりが浮かんだ。

レーナは連日『できるクラス』にシオンを訪ねていた。

確かその都度、伝言を聞こうか？　って言ってくれた生徒がいたわ。

さっき図書館で教会の本を探していた時もそうだ。届かない私にタイミングよく誰かが本を取ってくれた。

王子暗殺のために動いている人物が、シオン以外にも学園にいるとしたら……

王子暗殺に向けて動く中、急にシオンに接近してきた令嬢……

そうして教会のマークがついていたところに、私が図書館で教会について調べていたのを見かけ、それが決め手になってしまったとしたら？

後悔してももう遅い。

一生懸命に走るが、レーナは令嬢だけあって体力がない。

私の息はあっという間に上がり、これ以上走るのは難しそうだ。それに、このままではフォルトも捕まってしまう。

そうなったら助けを呼ぶこともできなくなる。

「フォ……ルト……。お願い……私を置い、て……逃げて」

フォルトにそう懇願（こんがん）するけれど、それでもフォルトは私の手を離さない。

痛いほどの力で、今にも立ち止まりそうになる私を必死に前へ前へと引っ張る。

……私達、仲が悪かったじゃない。こんな時はさっさと見捨ててよ。

もつれる足を懸命に動かし、なんとか走る。そんな私の前方に、ふいに人影が現れた。

「もう、野郎を抱えるのは趣味じゃないんだけどなぁ～」

目の前に立っていたのは、黒い髪に黒い瞳のシオンだった。

シオンがいつもと違う髪の色であることに驚いて、フォルトは立ち止まり、私を背に庇う。

「挟まれたか」

「怖いなぁ。そんなに睨まないでよ、フォルト様。ごめんね。でも、フォルト様のせいだから、これ」

シオンは身体強化で私達との距離を一気に詰め、右手をフォルトの首筋に伸ばす。

「ぐうっ」

シオンの手がフォルトに触れると、フォルトは苦しそうに呻き声をあげ片膝を地面に突いた。

「フォルト!!　シオン、貴方なにをっ……」

「ねえ、レーナ様。本当に僕を信じてくれる？」

驚愕する私に、シオンが真剣な顔で問いかける。

シオンは味方なの？　それとも敵なの？

シオンの考えがわからなくて、不安が胸の中に渦巻く。

ここで私が逃げ出しても、シオンが本気で捕まえようと思えば私は逃げきれない。後ろから来ているという追手が、いつ追いつくかも不明確だ。

私がシオンの要求を呑めば、もしかしたらフォルトだけでも見逃してもらえるかもしれない。

私が選べる選択肢など、一つしか残ってなかった。

「信じるわ」

私はシオンの目をまっすぐに見据えて、彼の手に自分の手を重ねた。

「………レーナ」

フォルトが苦しそうに私の名を呼び、必死にこちらに手を伸ばす。しかし、その手は私には届かない。

「痛くて苦しいのは僕も同じだから……ごめんね、レーナ様」

「うっ」

シオンの手が私の首にトンッと触れた瞬間、私は地面に倒れ込んだ。

「レー……ナ。……レーナ……」

「もう、あんたのせいだよ。ホント邪魔」

シオンが、私の名前を何度も呼ぶフォルトを冷たく見つめる。

「レーナ様。しばらくそこに横になっててね……」

シオンはそう言ってフォルトを担ぎあげると、身体強化を使い、すごい速度で離れていく。

なんとか起き上がろうとするものの、頭がグワングワンする。

視界が揺らぎ、意識を手放してしまいそうだ。

……シオンはやはり私の味方ではなかったの？　シオンはずっと私をだましていたの？　殺されないと思っていたけど、やはり教会は私を消すことにしたのかな……

頭の中にいくつもの疑問が浮かんでくる。

すると、誰かの足音が私の元に近づいてきた。

大きな手が地面に倒れ込んだ私の腕を掴んだところで、私の意識は完全に途絶えた。

その日、公爵令嬢レーナ・アーヴァインは図書館での目撃情報を最後に、消息を絶った――

◆◇◆

コツコツコツコツ、と忙しなく頭の横を行ったり来たりする足音で、私は目を覚ました。

なんの音？　コツコツうるさい。

「あーもう、どうして攫う前に身元を確認しなかったの！　シオンだったらこんなミスは絶対にしなかったはずよ」

どこかで聞いたことがある大人の男性の声だ……オネェ口調の人って誰かいたっけ？　というか一応乙女ゲームだし、この声も誰かしら有名な声優の声なのだろうか？

「ここ数日、シオンに接触し教会について調べているようで見張っていたのですが、私達の存在に気づいた生徒がおりまして……。余計なことを言われては、と捕獲し連れ帰った次第です。手を出してはいけない貴族のリストには目を通していたのですが、髪型が縦ロールではなかったためチェックから漏れていました。申し訳ございません。グ――」

「アナタ!!　本当に使えませんね！　こういう時に名前を呼ばないのは常識ですよ。今はまだ気絶しているようだからいいものの、もし私の正体がばれたらどうするつもりですか!!　アンバー領の公爵令嬢レーナの髪型が変わったことについては、私が報告をしたはず。チッ、この役立たず」

ちょっと待って、縦ロールで判断って!!　まさか、あの髪型はそういう意味でレーナの安全を守っていたの……

確かに、あの髪型は学園で一人だったし、一度会ったら忘れない髪型よね。

婚約者が顔を覚えなくても誰かわかるくらいに。

それより『グ』から始まる名前って誰かしら……

私が覚えている範囲で、ゲーム内にそんな名前の人物はいなかったと思う。

ちなみにゲームでは、結局誰がシオンに王子の殺害を頼んだかまでは明らかにされない。

もしかして、この『グ』なんとかって人が、シオンに暗殺を命じているの……？

もう少し名前を呼んでくれれば、ここから脱出した時に大いに役立ったかもしれないのに。

私は今、目元を布で覆われて猿轡を噛まされている。

手足はなにかで縛られており、硬い石の地面に転がされているようだけれど、幸い怪我はしてない。不幸中の幸い、ＬＵＣＫＹネックレス様々である。

せっかく気絶していると思っているみたいだから、なるべく私が起きていることを知られてはいけない。

フォルトは何者かに追いかけられた時、後ろに三人ほどついてきていると言っていた。

少なくとも学園を動きまわっても不自然じゃない教会側の人物が、最低三人はいるということだ。

業者などの出入りできる大人は多いけれど、学園を自由に行き来でき、違和感がないとなると数は限られる。特に大人に対するチェックは厳しい。

だから、シオンのように神官ではないにしても、少なくとも三人、教会の息のかかった人物が生徒として潜り込んでいるのだと思う。

顔を思い出せないが、シオンに伝言があればと接触してきた生徒なども怪しい。

しかし、先ほどから怒っている男性は大人のようだ。

教会の者は、学生を勧誘させないという名目のため、基本学園都市には入れない。だから、大人の教会信者は、本来ここにいるはずはない。

大人の信者が簡単に入れないから、一番実力のあるシオンが暗殺役として学園で動いたと思っていたけれど……実際は違うのかもしれない。

そもそも、まだ未成年の子供が自分の力だけで王子を見つけ出し、暗殺するという点に疑問を抱かなければいけなかった。

教会の大人が学園都市内にいて、指示を出していると考えるのが順当だ。

となると、シオンを含め教会の息のかかった生徒を操る、この人物はいったい誰なのか……

「とりあえず奥の部屋に運んでちょうだい。もう、攫ってしまったのは仕方ないわ。……レーナ嬢と一緒にお前達も学内から姿を消せば疑われます。そうならないように、お前達はすぐに学園に戻りなさい。私も持ち場に戻るわ」

男が指示すると、誰かが私をお姫様抱っこした。

私の推理は、男の言葉で確信に変わる。この事件を手引きする男も学園に関係する人物なのだ。


お姫様抱っこされたままかなり進んできたものの、ここまで連中以外誰の気配も感じなかった。

目隠しと猿轡で拘束した女子生徒を抱えて歩いて、スルーされるはずはない。

なのに誰にも会わないところから推測するに、ここは私の知らない隠し通路なのかも。

お姫様ではないけれど、誰か助けてと他力本願になってしまう。

私がもしヒロインだったら、こんなふうになった時、きっと誰かが助けに来てくれるのに。

もうー！　今の私は公爵令嬢よ、きっと帰らなければ大事になるわ。

この人達は、私を監禁していったいどうするつもりなのかしら。

シオンはゲームで何人か殺めていた。もしもの可能性を考えると怖くなってきたものの、他に策など浮かばない今、意識のない振りを続けるしかない。

しばらくして、私はまた地面に下ろされた。猿轡を解かれ、手と足の拘束も解かれる。

目隠しのみ残され連中の気配が離れていくと、ドアの閉まる音の後、カチャンと施錠された音がした。

五分ほどそのまま横になり、私は立ち上がった。

公爵令嬢だから起きてても、怯えて大人しくしていると思ったのだろうけれど大間違いよ、と私は目隠しを躊躇いなく外す。

埃っぽい、じめじめしている、手を洗いたい、顔も洗いたい、なにか飲みたい。

思わず私が水魔法の使い手だったらと思ってしまう。

とにかく私を拘束した誰かはいなくなって、私のターンなんだから……怯えるな気合を入れろ。

もし死んだら、ゲームの時のようにコンティニューできるかわからない。

目先の厄介事を回避するために、シオンを仲間に引き込んだのは、正直なところ失敗だったのかも。

でも、あの状況でどうシオンと対峙すればよかったのか、他に思い浮かばないのだから、あれが私が取れる最善の手だったのだと思いたい。

少なくとも、先日シオンが私のところに来た時は、私を裏切るつもりはなさそうだった。

しかしその後、上手く接触できなかったことで、シオン攻略に当たっての必須条件が満たせなかったのかもしれない。

……それにしてもここはどこだろう。

暗くて狭い、塔のような円柱の建物みたいだ。

室内の壁の高い位置に小窓がついており、そこからほんの少しだけ外の光が差し込んでいる。

まだ日は出ているから、一晩中気絶していたというわけではないだろう。しかし、うかうかしていたら、いずれ夜が来てしまう。

なんとかして、早くこの部屋を出なくちゃ。

念のため扉も確認するが、鉄製で鍵もかかっているから開けることは不可能。

ぐるりと部屋を見回すも、食べ物らしいものは見当たらない。

　ゲームであれば何日か食べなくても、プレイヤーはへっちゃらだが、今は違う。たった一文、『あれから三日経過した……』ではすまない。

　幸い壁には不揃い（ふぞろ）な石がはめ込まれているから、足の取っかかりはある。

　まだ正常な判断ができる間に、腹を括（くく）って登るしかないかも。

　とはいえ、体力のない公爵令嬢レーナ。できることなら、かなりの高さだし壁をよじ登るのは回避したい。

　なにか他の脱出方法はないの？

　私は必死に部屋を探したが結果は絶望的だった。

　唯一置いてあったボロボロの箱では、私の体重を支えることはできそうにない。もちろん箱の中には食べ物なんてない。

　日がだんだんと陰（かげ）り、室内も刻一刻と薄暗くなっていく。

　……よし、登ろう。図書館の梯子（はしご）から落ちた時と同じくらいの高さよ、うん。

　一つ違うことは、今度落下してもジークは受け止めてくれないってだけ。

　意を決して、石の出っ張りに足をかける。しかし、今日の私はＬＵＣＫＹネックレスをしているおかげか、明かり取りの窓まで案外すんなりと登ることができた。

　窓に鉄格子がしてあったらアウトだったが、ありがたいことに鉄格子はない。

窓から顔を出し下を見る。地面まで十メートルはあるかもしれない……この高さはヤバイわ。

窓からは学園が見渡せた。

いったい何処に連れてこられたの？　と思っていたけれど、近くも近く、学園の外れにある古ぼけた塔だった。

なにに使われていた建物なのか定かではないが、塔の外壁はすっかり植物に覆われている。

まぁ、私は緑の魔法の使い手なのだから、植物があったほうが好都合だわ。

まさか令嬢が、自ら壁をよじ登って脱出することまでは想定してなかったようで、辺りに見張りの人はいない。

よし、魔力を込めて、掴んでも大丈夫な太さまでこの植物を成長させることにしよう。

蔓に魔力を込めると、無事、伸ばすだけではなくて太くすることもできた。

蔓が建物にしっかり絡まっているから、先ほどの石壁より掴まるところも、足をかけるところも多いし下りやすい。

えっちら、おっちら、なんとか地面に辿り着き、私は無事生還した。

見たか！　これが、金に物を言わせたＬＵＣＫＹネックレス様の力よ。

ヒロインが私のように捕まったら、誰かがきっと助けに来てくれただろう。

それがどうだ。ヒロインではない私は、自力で脱出しなければいけないのだ。悪役令嬢たるもの助けてくれる人はなし、信じられるのは自分だけ。

本当に脱出できた達成感と安堵（あんど）で、思わず拳（こぶし）を強く握（にぎ）り締め突き上げちゃったわよ。

とりあえず、ここから急いで離れることにしよう。

まずは……そうね、トイレに行こうトイレに。


日が落ちた後の学園は、誰もいなくて静かだった。

ゲームでは夜間に学園内をうろつくことができるのだけれど、当然、警備員が見廻（まわ）りをしている。

警備員に見つかると強制的に部屋に戻らされ、パラメーターにペナルティがつくというのがゲームではお約束だった。

私はゲームの知識を生かして警備員を避けていく。巡回ルートは頭に入っている。

それにしても公爵令嬢の私がいなくなったというのに、探しているような人は誰もいないし、見廻（まわ）りもいつも通りみたいね。

おかしいわ……、てっきり大騒（おおさわ）ぎになっていると思ったのに、どういうことなの？

不思議に思いつつ、私はトイレに駆け込んだ。

トイレが終わってスッキリし、いそいそと手を洗う。

ふと目に入った鏡に映る私は、服に土がついていたり、髪がグシャグシャだったりと散々だ。シオンに追いかけられた時と同様に、ボロボロになってしまっていた。

とりあえず学園のトイレまで帰ってくることに成功したから、自分の部屋には簡単に戻れる。途中で別れることになったフォルトのことも気になるけれど、今は態勢を立て直すのが先よね。

教会側の人間にしっかり目をつけられてしまった今、覚悟を決めるしかない。

ゲームでは明らかにはならなかった、この事件の本当の真相に辿り着かなければならないのだから……

不本意ではあるけれど、始まってしまったシオンに関するルート。

ここを乗り越えなければシオンはいずれ教会から裏切られ、王子暗殺事件に関わってしまった私も殺害されるかもしれない。

ヒロインを虐めるのを止めて、お金持ちの令嬢として楽しく生きていきたいだけなのに……なんで命の危機があるようなことに巻き込まれてしまったのか。

いや、ぐだぐだ言っていたって仕方ない。

「よし」

私はパンッと頬を叩いて気合を入れる。

ふと視線を下げると、鏡の前に誰かの忘れ物の眼鏡を発見した。

こんなところに置いて……。

黒縁のボストンタイプの眼鏡に、私はとある小さな名探偵を思い出してしまう。

持ち主さん、ごめんなさい。後でちゃんと弁償します。

私は「少しお借りします」と小さく呟き、はめ込まれたレンズを押して外した。伊達眼鏡の一丁あがりである。

後は髪型とこの汚れた制服をどうにかしなくちゃね。

私はまだこの学園のどこかにいる教会の連中に見つからないよう、伊達眼鏡をかけて急いで寮に帰ったのだった。

寮に着いた私は、自室には戻らずアンナの部屋に向かった。自分の部屋は教会の人達に監視されている可能性がある。ここで戻って鉢合わせたら完璧にアウトだ。

「こんな、夜遅くに何用です？」

夜遅くに部屋を訪ねた私を、ドアを少し開けて顔を出したメイドが怪訝な顔で睨む。

それもそうだろう。時間も時間な上、私は地面に転がされたり、塔をよじ登ったり下りたりしてすっかり汚れてしまっているんだから。

「アンナを」

「主はこのような時間に、面会の予定のない方とはお会いになりません」

どことなくメイドがピリピリしている。……ってそうか。レーナがいなくなったから、いつも一緒にいる二人はなにか聞かれたのかもしれない。

「レーナが会いに来たと伝えていただけます？」

「……っ！　失礼いたしました、こちらに」

伊達眼鏡を外して私の顔をよく見せると、メイドが慌てて私を室内に招き入れる。

すると、ほどなくして寝間着姿のアンナが血相を変えて走ってきた。

「レーナ様！　……ご無事でしたか。皆、心配しておりましたよ。もう、そのような泥だらけのお姿でいったいどちらに？　それにその眼鏡はいったい？」

「ごめんなさい、今日一晩いいえ、しばらく泊めてくださる？　それと、心配しているでしょうからミリーも呼んでちょうだい。詳しいことはその時に」

「わかりました、すぐにミリーのところに使いを出します。レーナ様はその間にお風呂へ」

心配そうにこちらを見つめるアンナに促されて、私は風呂場に直行する。途中きょろきょろと見回したアンナの部屋は、私の部屋には劣るけれどなかなか豪華だ。

猫脚の湯船にはたっぷりのお湯が張られており、私は遠慮せずお風呂をお借りする。

『土埃まみれの身体に温かなお湯が染みるわ～』と思っていたら、すさまじい勢いでミリーが風呂場に入ってきた。

「レーナ様……ご無事で」

涙と鼻水でぐちゃぐちゃのミリーは、私を抱き締めようとする。

それほどまでに心配してくれる友達がいて、レーナは本当に恵まれていると思う。とはいえ、今は全裸だ。恥ずかしいので服を着てから再会を喜び合いたい。

「ミリー、落ち着いて。私もすぐに上がるからっ」

なんとかミリーを落ち着かせて、風呂場から退場してもらう。

アンナの寝間着を借りて風呂場を出ると、アンナのメイド達が当然のように私の髪をとかし、温かいお茶を淹れてくれた。それをいただき一息吐く。

「先ほどの恰好からして、やはりレーナ様がフォルト様と駆け落ちしたというのは、ガセだったようですね」

神妙な顔でアンナが言い放った言葉に驚き、飲んでいたお茶が変なところに入ってしまった。

「ゴホッ……ゴホッゴボ。ちょっと待って、いったいどんな話になっているの？」

なんで駆け落ち？　なんで相手がフォルト？　私の失踪事件がどうなったらそういう話になるわけ？

アンナの話をまとめると……

夕べの鐘が鳴り、いつもであれば帰ってくるはずのレーナが帰ってこないことで、当然友人のアンナとミリーのところに連絡がいった。

帰っていないことに二人は驚き、レーナと最後に別れた大体の時間となにかに悩んでいたことを話したらしい。

もちろん最初は、公爵令嬢ということもあり、誘拐されたのではないかという話になっていたそう。

内々で探すにしても、大っぴらに探すにしても人手がいるという話になり、分家筋のフォルトの従者やメイド達に連絡したとか。すると、フォルトの従者から、「うちも坊っちゃんが帰ってきていません！」と報告があがってきたそうな。

「それで、大々的に誘拐だと騒ぐ前に、念のために少しお二人の情報を集めたほうが……ということになりまして。最近お二人に関わりのあったアイベル先生に、メイドが話を伺いに行ったのです。そこで逆にアイベル先生が『図書館のほうからレーナ様とフォルト様の二人が走っていくのを見た生徒がいるそうなのですが、また図書館でなにかあったのですか？』と質問なさったそうで」

アンナは一息にそう言った。

……見ていた人がいたのだったら助けてよ。

雰囲気が朗らかじゃなかったでしょう、もっとこう緊迫していただろうし。

「司書に、レーナ様が本日図書館にいらしたか問い合わせたところ、確かに利用されていたという証言が挙がったのです。そのため、図書館の傍でレーナ様とフォルト様を見かけたというお話は信憑性があるのではということになり、図書館を出た後、フォルト様と出くわし、思いあまって駆け落ちしたのでは？　という突拍子もない話がなぜか出てきまして……。ねっ、ミリー」

「もちろん、私とアンナはお二人はそのような仲ではない、と申し上げたのです。そうよね、アンナ」

ミリーは手をぶんぶんと横に振って、駆け落ち説をちゃんと否定したと訴える。

レーナはこれまでジークに執着して追いかけまわしていたにもかかわらず、それを突然スパッと止めた。そして、先日の梯子から落下事件の時は、私の身元をフォルトが引き取りに来た。

そこにきてこれまで仲があまりよくなく、一方的にレーナを毛嫌いしていたフォルトが、休日の朝からレーナを訪問するという珍事。

だからまわりが私とフォルトの仲を疑ったのかもしれない。

「そうです。ですが……万が一駆け落ちの場合、ジーク様のお耳に入ってはマズイと箝口令が敷かれました。そのため明日人を増やして、極秘に誘拐と駆け落ち、両方の捜査をするはずだったのです」

あ〜もう頭が痛くなってきたわ……

「誰か使いをやって、私のメイドを一人この部屋に連れてきてちょうだい。大至急よ！誤解は解いておかないと」

私が勢いよく立ち上がって言うと、アンナのメイドが慌てて部屋を出ていった。

フォルトがあの後どうなったかはわからないが、これで、私とフォルトの駆け落ち説は消えたと思う。

フォルトはともかく、私はアンナの部屋にちゃんといるのだから。

しばらくしてバタバタと音を立てて部屋に入ってきたメイドは、私の姿を見て、やはり誘拐だったのですねと真っ青な顔で言う。

今回私は、たまたま自力で捕まっていた場所から逃げることができたけれど、この事件が終わったわけではないのだ。

公爵令嬢とは知らずに誘拐したとはいえ、連中がレーナが脱走したことをそのままにしておくはずはない。

それにフォルトはまだ見つかっていないし、シオンの思惑も読めていない。

「先ほどの制服を見て皆わかったと思いますが、私は三人の生徒に追われて捕まり、学園の端にある今は使われていない塔に監禁されました。フォルトは最後まで私と逃げることを諦めていないようでしたが……最後は別れてしまいました。私が戻ってくることができたのは、本当に運がよかったのだと思います」

なぜ私がいなくなったか、実際に起こった事実を聞いて、皆は驚き口に手を当てる者もいた。

「今回たまたま監禁された場所と私の魔法との相性がよかったので、なんとか蔓を伸ばして自力で脱出いたしました。私を捕まえ監禁した連中も、私があの高さの窓から外に逃げ出したとは思ってないはずです」

だから、公爵令嬢レーナはいまだに失踪していることにしてほしいということ。その上で私は姿を隠し、当分はアンナのところに厄介になり、テストに向けて勉強を行うこと。そして、学園へは上手いことを言って休み扱いにしておいてほしいことを告げる。

私の頼みに、皆は神妙な顔で頷いた。

その後、ミリーが自分も泊まると言い張ったため、なんだかパジャマパーティーのようになってしまったのだった。


次の日の朝、アンナのメイドはアンナの指示で、私をいつものハーフアップの編み込みにセットしようとした。しかし、ここで私に考えがある。

おさげにしてもらったのだ。

そして、メイドが気を利かせて持ってきてくれたスペアの制服を着用して、昨日トイレで拝借した伊達眼鏡をかけた。

隠密調査の始まりである。

この学園で金髪の生徒は珍しくはない。だから地味な髪型にセットして、他の生徒にまぎれるのだ。

木の葉を隠すなら森の中作戦。よもや誘拐されて脱走した令嬢が、普通に学園をうろついているとは思うまい。

アンナとミリーは当然止めたが、それで止まる私ではない。

脱走できるほどの実力がある公爵令嬢とわかれば、次は監禁ではすまないだろう。

私は、私の安全を守るためにも、この事件を解決しなければいけないのだ。

アンナとミリーは心配そうな顔で学園に向かった。二人を見送り、生徒が寮から完全に出払ってから、私はアンナの部屋を後にする。

ＬＵＣＫＹネックレス様……どうか誰にも見つかりませんように。

私は首から下がるネックレスをぎゅっと握った。


学園はレーナとフォルトがいなくなったにもかかわらず、普通すぎるほど普通だった。

とりあえず、一度私が誘拐された現場に戻って調査したほうがいいかもしれない。怖いけれど今できることを一つずつ確かめないと。

授業中だけあって生徒は歩いていない。

私は図書館の近くにある石畳の歩道を見つめる。

なんの痕跡も残っていないが、それでも間違いなく昨日私はここで倒れ、捕まった。

そういえば昨日借りた、教会のことについて書かれている本はどうなったのだろう。

あの本はきっと連中の手に渡ったのだろうけど、もしかしたら図書館に返却されているかもしれない。

その辺は図書館にもう一度行って確かめないと。

私は図書館に足を向けた。

図書館は無人だった。

この時間帯は皆授業を受けているため、司書達も休憩を取っているようだ。

元の位置に本が戻されているかもしれないと本棚を探したが、私が借りた本は図書館にはなかった。

それどころか、別の教会に関する本も軒並み見当たらないのだ。

やられた……

昨日の内に、連中がすべて撤去するなり借りるなりしたのだろう。

手掛かりがあっさりとなくなってしまった。せっかく変装までして調査しているのに、もう手詰まりなんて……

なにか使える情報がないか、ゲームのことを思い出せ、思い出せ。

……そういえば、この図書館には隠し扉で繋がった秘密の部屋があったはず。

そこには今の王政では表に出せない本なんかが収められている。

秘密の部屋に入れる人は限られており、司書すら知らない特別なエリアだ。

皆に公開している本棚は全滅でも、そこならば教会の本を撤去できないはず。

そう読んだ私は、そこに行くことにした。

――ここだわ。図書館の隅のあまり人の来ない通路の本棚が、実は隠しエリアに行くための装置になっているのよね。

赤青黄からの黄緑青青青赤黄紫の順に、本棚に並んでいる本の背表紙に触れる。

「我真実の探究者なり」

この中二病のような台詞を唱えると、私の身体がほんのり淡く光り、魔法が発動して隠しエリアに行けるってわけよ。

一人得意になって笑っていると、突然ガッと後ろから手首を掴まれた。

「しまっ……」

誰かに見張られていたの⁉

次の瞬間、私の手を握った人物ごと隠しエリアに飛ばされる。私達が入室したことで、秘密の部屋の灯りがパッとついた。

手を掴んだ人物は、あっという間に私の手を後ろにひねり上げる。

痛い痛い痛いっ‼

折れる……折れちゃうから‼

ひねり上げられたことで手も肩も痛み、あまりの苦しさに声も出ない。

するると、背後で私を捕まえる人物が、声を震わせながら低い声で囁いた。

「信じられない……こんな場所が本当にあったなんて。お前はいったい何者だ」

忘れもしないこのボイス。

なるべく会いたくなかった人物——ジークだ。

貴方は乗馬してなさいよとか、なんでいつもはあまり立ち寄らない図書館でばかり会うのとか、ツッコミたいことは山のようにあるが痛みでそれもままならない。

「グッ……」

脂汗が額に浮かぶほどの苦痛の中、やっと出せたのは呻き声のみだった。

激痛に顔を歪める私を見て、ジークがほんの少しだけ拘束を緩める。

「答えろ」

「まず、女性はもっと優しく扱いなさいよ！　私は突然手をひねり上げられるようなことはなに一つしてないじゃない。なんなのよ、もうもうもう！」

もう諸々許せなくなった私は、ブチ切れた。

私の剣幕に驚いたのか拘束が解かれる。怒りにまかせ後ろを振り向くと、いつも澄ましているジークが固まっていた。

「もう、あんたこそなんなのよ？　人に名前を聞く時は、まずは自分から名を名乗りなさい！　第一、人の後を勝手についてきたくせに！　なにか聞きたいことがあれば口がついているのだから、まずは普通に聞けばいいでしょ。『どうしてここを知っている？』って！　私、なにか間違ったことを言っている？」

怒鳴りすぎて息も絶え絶えだ。

「それはこちらが悪かった。申し訳ない」

ジークは素直に謝った。

素直に謝られてしまったため、私は怒りの矛先を失ってしまった。

「ふぅ……私は忙しいのだから、もう放っておいてちょうだい」

そう言ってジークに背を向け、教会のことが載っている本を探し始めた。

「すまない、大変失礼なことをした」

しかしジークが後からついてくる……

そりゃそうだ、ここは図書館の隠しエリア。通称、『秘密の部屋』。

本来かなーり本編を進めないと、ヒロインすら入れない場所なんだもの。

この場所を知らなかったジークが、ここからの出方を知っているはずがない。閉じ込められることを回避するには、私から離れるわけにはいかないのだろう。

「あの、すまないが……」

呼びかけられて私はジークを振り返る。

「なにか？」

「私はジーク・クラエスと言う。君の名前は？」

あぁ、私が婚約者のレーナであることがまだわかっていないのね……

本当に失礼に失礼を重ねてくる男である。

まぁ、私は変装しているから仕方ないのかもしれないけれど。

私はため息を一つ吐くと、伊達眼鏡(だてめがね)を外(はず)した。

「この顔に見覚えは？」

ジークが真剣な顔で私の顔を見つめる。

相変わらず、無駄にきれいな顔だ。

銀の髪はサラッサラだし、まつ毛は長いし。鼻筋も通っていて、あまりにも整いすぎている。真剣になにかを考えている顔もいい。

ジークが真剣な時によくやる、右手を口元に添えるお決まりのポーズも様になっている。

これと婚約しちゃったんだもの、レーナも夢を見ちゃうし追いかけまわすだろうさ……

これ以上イケメンに至近距離で見つめられたら穴が空きそう。

それにしても、全然『レーナ』って出てこないわね。

「……………先日梯子から落ちた子か?」

絞り出してきた……

考えて考え抜いて絞り出してきちゃったよ…………

先日梯子から落ちた子は私で合っているけど、私の婚約者であるジークの答えがそれでいいわけがない。

正気？　これだけマジマジと近くで私の顔を眺めておいて、なぜ自分の婚約者であると気がつかないの。

どうなっているの?

縦ロールって、そこまで顔の印象を薄くするほどのインパクトがあるわけ……?

「違っただろうか?」

「……先日梯子から落ちたのは、確かに私ですけど」

「ならよかった。確かフォルトの知り合いだったと思うけれど。名前は聞いてないはずだ」

「あの日お会いする以前に、ジーク様には間違いなく自己紹介をしております」

「……………………」

間である。さすがに呆れてものも言えず、ギロリとジークを睨みつけた。

私の顔を見てジークは困ったように笑う。きっとその笑顔でいろんなことをなぁなぁにしてきたのだろうが、そうはいかない。

「あまりのことに言葉がありません」

「私も女性にこのように恥をかかせる日が来るとは思わなかったよ」

彼がそう口にすると、私達の間に再び沈黙が流れた。

それにしても、気まずい……気まずすぎる。

イケメンと二人っきりなのに、ジークとは一刻も早く離れたい。

しかしジークは置いていかれたらヤバイこの状況で、どう言い包めても私から離れないだろう。

私だったらそうするもの。

とりあえず、少しでも早くなにか手掛かりになりそうな本を見つけよう。

「待って」

本をさっさと探して、さっさと出よう、と思っていたところをジークに引き止められる。

「はいはい、なんですか?」

いくらイケメンでも、これまでの扱いにこちらの対応も邪険になる。

「失礼は承知なのだがもう一度、名前を教えてもらえないだろうか？　今度はもう忘れたりしないから」

ジークがそう言って私の手をギュッと握り、目をじーっと見つめてくる。

これで、大概のことは通ってきたのだろうな………顔がいいと得である。

そうだ、いいことを思いついたわ。

「……交換条件を呑んでくださるなら誠に不本意ですが、もう一度名乗ります。私が誰か知ることにそれだけの価値があると言うならばですが」

レーナは戦闘能力がからきしだ。

本来であれば死人が出るこの事件を私が解決するには、私の身の安全のために、代わりに戦える人間が絶対必要。強い氷魔法を使いこなすジークなら、きっと私の優秀な剣になってくれることだろう。

彼とこんなふうに出会えたのは、LUCKYネックレス様の思し召しかも。

きっとレーナがお願いしたら、のらりくらりと断ったに違いない。

「絆されてくれるかなと思ったけれど……君のほうが一枚上手みたいだね。それで、条件とは？」

諦めたようにパッと私の手を離す。

「貴方の魔法と剣術の力を貸してほしいのです」

「なんのために？」

「理由は王子を守るため……ではいけませんか？」

「王子が今この学園にいるのか？」

「……はい」

ジークは驚いた表情を見せた後、右手をまたも口元にやり考える。

「学園に悪いネズミが数匹入り込んでおります。私は戦闘には向いていません。だから、私の代わりに剣となってほしいのです。この件が片付いたら、私は貴方に名を名乗りますし、望むならばここへの出入りの仕方を教える。これではいけませんか？」

「この件が片付くまででいいんだね？」

「はい。今はそれより多くを望みません」

「わかった。そのネズミとやらを始末するまで、私が君の代わりに剣となろう」

思わぬ大収穫（だいしゅうかく）である。

私が用意できたカードは秘密の部屋への出入りの方法と、私の名前を教えることのみだったが、それでも彼は引き受けてくれたのだ。

それらがジークにとってどれほど重要なのかはわからないが、彼の力は今後大いに役立つだろう。

とりあえずこれから協力してもらうのだから、今私が知っている手札を明かしておいたほうがいいかもしれない。

「事件はすでに動き出しております。神官であるシオンをご存じですか？」

「あぁ、もちろん。彼はとても優秀な治癒師らしいからね」

「教会で働いている、すべての人間の信仰心が厚いわけではありません。とある令嬢がシオンは教会に弱みを握られ、使役されているのではと考え接近していました。しかし、彼女と彼女に近しい男子生徒が行方不明になっています」

令嬢とは思いっきり私自身の話だけど、そこはぼかしておこう。

「馬鹿な……。それが本当なら今頃大騒ぎになっているはずだ」

「ええ、本来は大騒ぎになるはずでした。ただ、目撃証言が出てきたのです……。医務室のアイベル先生からの情報ですが、令嬢と行方不明になった男子生徒が手を繋ぎ走り去る姿を見た生徒がいると。有力貴族の令嬢ですから、そのような噂が立っては困ると、騒ぐに騒げなくなったのです。しかし、彼らが駆け落ちすることはあり得ません」

私が断言すると、ジークは不思議そうな顔で、くいっと眉を上げた。

「駆け落ちではないという根拠は？」

「令嬢は婚約者と上手くいっておらず、婚約を解消するべきか悩んでおりました。ただ、もし婚約を破棄した場合、今回一緒にいなくなった生徒が、彼女の次の婚約者の筆頭候補。ですから相手が彼であれば、わざわざ危険を冒してまで駆け落ちする必要がないのです」

一連の私の説明に、ジークは得心した顔でゆっくりと頷く。

「なるほど。目撃証言については詳しく調べたのか」

「それはまだです。私は戦闘能力がほぼありません。ですから万が一戦闘になった場合を考えると、私が単独で動いては捕まる可能性が高く、あまり動けずにいました」

「その目撃証言の出所を洗う必要がある……か」

「令嬢を攫うのに関わったのは少なくとも三人いて、彼らはこの学園の生徒だと思います。学園内をうろつける大人は限られていますから……。そして、学生三人が結束して誘拐を企てたとは思えないので、大人が必ず裏で糸を引いていると思うのです」

「そうか。しかし、令嬢達の誘拐と王子になんの関係が？」

ジークが核心を突く問いを向ける。

「……シオンは、教会に命じられて秘密裏に王子を探しておりました。シオンに近づく過程で令嬢がそれに気づき、彼が王子を害するのを止めようとしたのです」

「まさか、そんなことを……。肝心のシオンは？」

「令嬢がいなくなった日を最後に消息不明です」

「よくそこまで調べ上げたな……」

ジークが目を瞠り、私を見つめる。だって、多少の脚色はあるけど、ほぼ自分が実際に関わったからね。

「令嬢を誘拐したのは、教会側の人間で間違いないはず。これだけのことを知っている私は、教会からすると随分と目ざわりでしょうね。だから貴方と協力関係を結ぶのは、結局は自分のためですかね。さぁ、こうしちゃいられません。街に行って準備をしましょう。いい店を知っていますから」

私はくいっと親指を立て、ニヤリと笑った。

それから私達は、図書館から街に移動した。

教会の連中がいつ隠れている私の存在に気づき、再び攻撃してくるかわからない。準備しておくに越したことはないのだ。

一時的とはいえジークが仲間になるのだから、装備に金を惜しんで全滅することだけは避けたい。となると行くところといえばあそこだ。

以前LUCKYネックレスを購入した装備品のお店である。

ドアを開けると、カランカランと音が鳴り、可愛くおしゃれなアイテムとは裏腹な、愛想の悪いおじさんが見えた。

「これはこれは、先日のお嬢様」

おじさんは私に気がつくと、すぐにカウンターの内側から出てきて頭を下げる。

アレ……やっぱりめちゃくちゃ愛想がよくなっているわね。

私の髪型は以前と変わっているけれど、そこは商人。すぐに先日の羽振りのいい令嬢とわかったのだろう。

ゲームでは見たこともないニッコリとした笑顔である。

「いや～。今日は随分と男前な方とご一緒ですね。ささ、こんな店先ではなくてこちらへ、こちらへ」

おじさんは、一階ではなく、これまで一度も入ったことのない二階に上るように促す。

もしかしてこのＬＵＣＫＹネックレスを買うと、ＶＩＰ扱いになるのかしら？

通された二階は応接室みたいになっていた。

ソファーに座るように促され腰を下ろす。

「今すぐ、お茶とおすすめの商品をお持ちいたしますね」

おじさんがそう言って、いそいそと部屋から出ていく。

しばらくすると、お茶と高そうな装飾品を三点持って、おじさんが戻ってきた。

細かい柄が彫られている落ち着いたデザインの腕輪。繊細な装飾がしてあるティアラを模したカチューシャ。そして、金色に輝く指輪。

おすすめということだから性能もすごいのかもしれない。ゲームでは見たことがない、レアそうなものばかりだ。

「他にもどんなものがいいかおっしゃっていただければ、下から条件に合うものをお持ちしますよ」

ジークは品々を手に取って、まじまじと見つめる。

「鑑定士ではないから効果はわからないが、品物はいい物のようだ」

「優秀な職人と契約しているらしいです。私なんてこの前はたくさん……っとこの話は今関係ないですね」

興味津々に品物を眺める私達にニッコリと微笑み、おじさんは口を開いた。

「僭越ながら商品説明をさせていただきます」

商品の効果はゲームとは違い確認できない。けれど前回爆買いしたおかげで上客扱いだし、きっとひどいものは売らないだろう。

おじさん曰く、腕輪と指輪はジークに、カチューシャは私におすすめとのこと。

ティアラみたいなきれいなカチューシャだから、これならパーティーの時につけることができそう。

ＬＵＣＫＹネックレスに比べると安いし……と、先日かなり買い物をしたにもかかわらず、ついつい悩んでしまう。

ジークは半信半疑のようであったけれど、銀貨で事足りるとあって、結局腕輪と指輪の二つともお買い上げである。

指輪は指にはめると、指に合わせてサイズが変わるからなんか面白い。

私も結局カチューシャを自分用に買った。

どんな効果があるかは未知数だが、可愛いからまあよし。

購入後、おじさんは今日一番の笑顔をしていた。この店では普段、この価格帯の品はなかなか売れないのかも。

お見送りの際、おじさんは今日も店の外まで出てきて、深々と頭を下げていた。

「さて。それでは君の名前もわからないし、次はいつどこでどのように会う？」

「その辺は大丈夫です。いつも通り行動してくれれば、私が貴方のところに伺うので」

ジークのイベントを起こすために、曜日ごとの基本の行動は把握している。それに合わせて、ジークに用がある時に私が会いに行けばいいだけだ。

「いつも通りって……」

「とにかく大丈夫ですから。また助けてほしい時は呼びます」

さて、そろそろ帰ろう、と思ったその時である。

「ジーク様」

唐突(とうとつ)に背後から呼ばれて、ジークは振り返った。

「ジーク様も買い物ですか？　ジーク様も街のほうに来られることがあるんですね。私もさっきまで買い物をしていたんですよ。奇遇(きぐう)ですね」

……この声はヒロインだ。

ヒロインとはこの世界に来た時にほんの少し話しただけだ。

その後も学園で鉢合(はちあ)わせたりしないように、私なりに気を使って行動していたのに、ここで会ってしまうなんて。

ヒロインは私には気づかずジークとばかり話をしているので、私はさりげなーくジークの後ろに隠れる。

悪役令嬢レーナとしては、できるだけヒロインとは関わりたくない。

彼女がどんな性格で、どんな考えをしていて、どう動くのか、他の主要キャラクターとは違い唯一わからないのだ。

今はまったく虐めなんてしてないけど、あらぬ疑いをかけられ人生を棒に振るなんてごめんよ。

「すまないが、今日は遠慮してもらえるかな」

ジークは一応私をエスコートしている手前、ヒロインを突き放す。

「えっ、ごめんなさい。私ったらつい」

ヒロインがしまったと声をあげ、私を見る。

顔を絶対見られないよう、私は咄嗟に俯く。

前回会った時とは髪型も変えているから、ぱっと見で私がレーナだとはわからないと思うけれど、念には念を入れてジークをしっかりと盾にした。

「私、これから予定がないので、よろしければ一緒にまわりませんか？　この辺はよく来るのでご案内しますよ。そちらの方も一緒に」

ヒロインが明るい声音で提案してくる。

あぁ、こんなことならヒロインがジークに気を取られているうちに、さっさと離れればよかった。

私は首を横に振って、ジークの服をぎゅっと掴む。

――頼む、追い払ってください、お願いします。

ジークはそんなレーナの姿をじっと見つめると、柔和な笑みを浮かべてヒロインに向き直った。

「すまないが、遠慮(えんりょ)するよ」

ジークが先ほどよりはっきりとした口調で断わる……が、ヒロインは諦(あきら)めない。

「でも、女性と二人きりだなんてレーナ様に誤解されたら大変ですよ」

ヒロインの言葉はもっともである。

私はジークの裾(すそ)を引っ張ると、振り返った彼に、ヒロインには聞こえないように小声で告げる。

「事情があって、私はこの子と関わりたくないの。だから先に帰るわね。また後日」

早口に言って去ろうとしたのだが、ジークが素早く私の手を握(にぎ)る。

『何事!?』と戸惑っている私の前で、彼がヒロインに淡々と言う。

「用があるから一緒にいるので問題ないよ。何度もやんわり断っているのに伝わらないようだから単刀直入に言うが、迷惑だ」

はっきり言い過ぎ！　さすがのヒロインも黙っちゃってるし……

「あの、私はもう用はすみましたのでこれで……」

ホホホと口元に手を当てながら、こうなったら逃げるが勝ち、とジークの手を思いっきり振り払って早足で逃げた。しかし、ジークもすぐに私の後をついてくる。

さすがにあれほどはっきりと拒絶の言葉を言われて、ショックを受けたのか、ヒロインはついてこなかった。

「私を断るための口実に使うのは止めてください、非常に迷惑です」

ヒロインが見えなくなってから、私は後ろを歩くジークを振り返り、詰め寄った。

「すまない。レーナと少し距離を取るために、時々彼女と話していたんだ。レーナとは無事に適度な距離感になったのだが、今度は彼女がね……」

レーナは私よ！　本当に失礼な男ね！

まったく……つきまとうレーナを避けるためにヒロインを使うなんて、ジークはまだ十三歳だというのに考えることが末恐ろしい。

困るなら、レーナに連日来るなと言えばよかっただけなのに。

どうしてそういう方法を取るのかと口から出そうになるが、今私の正体がばれれば、ジークとの取引がなしになってしまうかも。私はその言葉をグッと呑み込んだ。

「そんなに冷たい目で見なくても……。本人に直接言うよりはいいと思ったんだ」

ジークの作戦は見事成功した。

ゲームの中でレーナは見事、怒りの矛先(ほこさき)をヒロインに向けたのだから。

あの子がジーク様につきまとうのが悪い、と。

「最低です、貴方」

耐え切れずにこぼれ出た言葉は、震えていた。

そんな私とは対照的に、ジークはニッコリと微笑みを浮かべる。

その笑みはやわらかく優しげで、先ほど最低なことを言った人とは思えない。

「婚約者のことは好きなのですか？」

思わず聞いてしまった。

「好きだよ」

間を空けずジークは言う。レーナの顔すらろくに覚えていないのに、実に滑稽である。

「彼女がアンバー領の公爵令嬢である限りね」

続くジークの言葉に、頭から思いっきり冷水を浴びせられたような気持ちになった。

――忘れてはいけないのだ、私とジークは所詮政略結婚であることを。

「もし、婚約を解消されたら？」

「彼女には私以上の縁談は来ないだろう」

「それでも、解消されたら？」

「彼女はそこまで愚かではないよ」

ジークは含みのある言い方をした。

この結婚はきっと上手くいかない……

ジークは二の句が継げないでいる私に、「それでは私も動くことにしよう。君の素性を洗うことも含めて……」と言い残して去っていった。

疲れた。

普段避けていたヒロインとの遭遇ももちろんだが、ジークのことで地味に精神的にダメージを受けた。

一度アンナの部屋に戻ろう、お腹も空いたし。

それにしても、今日は学園のある日だというのに、なぜヒロインは街に来ていたのかしら。

あ、わかったわ。テストが近いからアイテムを買って、能力値を底上げに来たのかもしれない。私もテスト前は随分お世話になったもの。

そんなことを考えながら、ぼんやりと歩いていた私は、視界の端に一人のイケメンを捉えた。

彼の姿に、私は自分の目を疑った。

ふんわりとした猫っ毛の白髪、そして金色の瞳。

カラーは違うけれど、イケメンの顔がどう見てもフォルトなのである。

色違い？　えっ。

いや待って待て、待って。私この髪と瞳の色を、白と金に変えることができる装備品に、心当たりがありますよ。

フォルトはシオンに連れていかれた。

可能性として、私が今思っていることが正解である確率がかなり高い。

「すみません」

私は疑惑の人物に声をかける。

「すまない、急いでいるので」

しかし彼は、私に目もくれず、くるりと背を向けて去ろうとする。なんとも怪しい。

「お待ちになって」

私は迷うことなく彼の服の裾を掴んだ。

服の裾を引っ張られて、彼はさすがに困惑顔でこちらを振り向いた。

「あの……フォルトよね？」

見覚えのある顔に驚きの色が浮かぶと、すぐにくしゃりと泣きだしそうに歪む。次の瞬間、彼の両手が伸びてきて私は抱き締められた。

「レーナ嬢……よかった。本当に無事でよかった」

ギュっと……ギュギュっと、ギュギュギュギューーウっと。

…………力加減考えて。苦しいよりも痛い。

フォルトの胸あたりにある私の顔が、服に埋もれるほど強く押さえつけられ呼吸が困難になる。

ひとまず、震えるフォルトの背中を優しくポンポンと叩いた。

放してもらえない。

このままでは息がマズイ！　ボコボコとグーで叩くが、腕が外れる様子はない。

息ができてないのでは？　とか考えてちょうだいお願い。

このままでは死ぬ……まさかここでイケメンの胸で窒息死とか、とんでもない死因だ。

窒息死は辛そうだし勘弁してよ！

「はい。そ、こ、ま、で。それ以上は死んじゃうからね」

フォルトの後ろから聞いたことのある声が響いた後、鈍い音がして、私を抱き締めていた腕が緩んだ。

「ぷはぁぁあああ!!」

私は思いっきり空気を吸い込む。

「いくら好みの女性でも、窒息(ちっそく)死する勢いで抱き締(し)めたらだめですよ、坊ちゃん」

そう言ってフォルトを窘(たしな)めた人物は黒い髪、黒い瞳になっているけれど間違いなくシオンだった。

そう、今回の事件のほぼ元凶(げんきょう)である。

「シオ……ムグッ」

私がシオンの名前を呼ぼうとしたら、速攻で口を塞(ふさ)がれた。

「往来(おうらい)で名前を呼ぶのは勘弁(かんべん)してよ。こんな時だからさ。そっちも、ここにいるってことはマズイんでしょ。いろいろと」

ニッコリと圧のある顔で微笑む。

「とりあえず、場所を変えないか？」

痛そうに頭を押さえるフォルトの一言で、私達は移動することになった。


二人に連れてこられた場所は、中堅どころの宿屋だった。

受付のおばちゃんから鍵を受け取って、二人は慣れた様子で二階に上がっていく。

私はその後を黙ってついていった。

ベッドが二つと、簡易(かんい)な箪笥(たんす)と窓があるだけの質素な部屋だ。

椅子などはないが、ベッドに腰かけてもいいのだろうか……

でも、二人のどっちかが寝るやつだろうし、気にするかな。

特にフォルトはいいところのボンボンだし。

「レーナ嬢、この部屋には椅子はないから、気にしなければベッドに座るといい」

そうだ、レーナもいいところのお嬢様だった。

フォルトがこんな椅子もない粗末な部屋など初めてだろう、と気を使ってくれた。

とりあえず立っているのもなんだから、お言葉に甘えてベッドに座る。

一息吐くと、シオンが頬杖をつきながら口を開いた。

「あのさ～、僕いろいろ聞きたいことが山積みなのだけど。まず、レーナ様はあの後捕まったんじゃないの？　どうして街にいたのさ？」

「それはこっちの台詞よ。いきなり私を気絶させて置いていくし。どうしてあんなことをしたのよ？　血の盟約も結んだし、シオンは私の味方じゃなかったの？」

私はシオンから受けた仕打ちを思い出し、恨みがましい眼差しを向ける。

「血の盟約は絶対。裏切れるはずないじゃん。……僕のこと信じるって言ったの嘘だったの？」

シオンが私の言葉を聞いて、心外だとばかりにこちらを睨んだ。

「普通、あんな感じで捕まれば裏切ったかもって思うわよ」

「フォルト様のおかげでレーナ様と接触できなかった間に、状況が変わったんだよ。フォルト様は怪しい僕をレーナ様に近づけたくなかったのだろうけれど」

『はあ』とわざとらしくため息を吐いて、シオンは呆れたようにフォルトを見据えた。

フォルトは気まずげにシオンから視線をそらし、小さく肩を落とす。

「すまない、二人から話をちゃんと聞いて、判断すればよかったと後悔してる」

「フォルト様にはもう話したんだけど、レーナ様が僕を探して何度も教室に来たもんだから、教会の人間に目をつけられたの。公爵令嬢相手に手を出したりしないだろうと思ってたのに、レーナ様が髪型を変えたせいで、教会のやつらは女生徒がレーナ様だってわかってないみたいだった。それを逆に利用して、一気に連中を学園から追い出せればって思ったんだよ。だからレーナ様にはあえて捕まってもらったの」

シオンはあっさり、私を相手に捕まえさせるために気絶させたことを認めた。

「あの後、捕まったんじゃないのか？」

フォルトが遠慮がちに尋ねてくるのに、私は切れ気味で答える。

「もちろん、あっさり捕まったわよ！　意識はなくなるし、気がついたら地面に転がされているし、その後は変な塔に運ばれて監禁されるし。散々だったわよ！」

「やっぱり監禁されてたんだ。でもなんで今は自由に動いてるのさ」

「そりゃ、自力で脱出したからに決まっているでしょ！」

私の脱出話を聞いて、二人は大きなため息を吐いた。

「自力で……なるほど、どうりでどこにも監禁されていないわけだよね。自力で脱出するとか盲点だった。まさか公爵令嬢が自力で脱出を試みるなんて考えてもみなかったもん。さすがレーナ様……僕の考えをあっさり超えてくるよね」

まるで脱出したことが悪いかのように、呆れ顔でシオンが言う。

まったく、どれだけ苦労して私が脱出したと思っているのよ。

「泣いたところで解決するわけじゃないから、自力で頑張るしかないじゃない」

「捕まっていればよかったんだよ。学園内で人を監禁できる場所なんか限られているし、レーナ様が捕らえられるであろう場所に、僕はちゃーんと心当たりがあったの。その上であえて教会の狙いであるレーナ様を攫いやすいように手を貸したわけ。監禁されている場所さえわかれば、フォルト様をちゃんとこっちにつけて、攫った人間に関して証言してもらえるし。教会がレーナ様になにかするのを逆手にとって、公爵令嬢誘拐事件として学園内で大騒ぎするつもりだったんだよ。当然、何人もの人手を割いて学園内を派手に捜索することになるだろうから、その時に教会の者だけが知っている学園の隠し通路を明らかにして、今後の計画でその通路を使えなくするつもりだったの！」

肩で息をしながら勢いよくまくし立てるシオン。

「そんなこと、はっきりこういう計画ですって言わなければ、わかるわけないじゃない！」

あんなふうに気絶させといて、シオンにこんな考えがあるだなんて読み切るのは無理だ。

「公爵令嬢が自力で脱出するだなんて、普通思わないよ」

顔をしかめる私を見て、シオンは力なくうな垂れた。

「学園都市には僕の他に三人、生徒にまぎれた信者がいるんだけど、そいつらは神官になれなかったやつらだから、僕より歳が上でも脅威じゃない。僕に指示を出してたグスタフ様と呼ばれている幹部。そいつをどうにかしなきゃならない」

グなんたらは、グスタフというのか。思い返してみても、ゲームにはそんなやついなかった。

シオンは、そのグスタフに何度か会ったことがあるらしい。しかし、いつもご丁寧に顔を隠していたから、声くらいしかわからなかったという。

彼なりにグスタフの正体を暴こうと努力しているものの、今のところ上手くいっていないようだ。

「だから、とりあえずレーナ様を狙う教会の生徒を潰して、出張ってくるかもしれないグスタフ様を今度こそ捕らえようと思っていたのに……」

シオンががっかりそうな顔で私を見つめる。

「私が監禁されているだろう場所にいなかっただけじゃなく、公爵令嬢の失踪も騒ぎにならなかった……そうでしょ」

「うん。そうなんだよ」

私がズバリそう言うと、シオンは眉間にしわを寄せた。

私が攫われる際にフォルトが一緒にいたことが裏目に出たのだ。

おかげで駆け落ち説が浮上し、今回の事件が大々的に騒がれなかった。

そのため、『地下のこんなところに怪しげな通路が！』『えっ、こんな通路が学園中にあったなんて!!』……とやるつもりのシオンの計画がまさかの頓挫。

学園に潜伏する教会側の者を摘発し、幹部の正体を明らかにするのも不発に終わった。

すると、ずっとシオンと私の話を大人しく聞いていたフォルトが話し始める。

「学園内をいくら探しても見つけられなかったが、シオンがレーナ嬢と血の盟約を結んでいたおかげで、レーナ嬢が生きていることはわかっていた。だから、連中は積み荷にレーナ嬢を紛れ込ませて、街に向かったんだろうと考えたんだ。見つかる可能性のある学園に置いておくより、街のどこかに監禁するほうが見つかるリスクが減るしな」

血の盟約って私を害することができない以外にも、私の安否なんかもわかるようになっているとか、そういえば言っていたかもしれない。

「それで、今度は街をしらみつぶしに探そうと思っていたところだった」

ここまでの話を聞いて、シオンのやりたいことがわからないわけではない。

ただ一つ、重要なことが想定されていなかった。

私は真剣な表情で、しっかりとシオンを見据える。

「まず、シオン」

「なにさ?」

「今回はたまたま私は無傷でしたが、捕まった後でなにか危害を加えられていたらどうするつもりでしたか?」

「怪我なら僕がすぐに治すよ」

「貴方は心の傷も治せるの?」

「それは……」

シオンは気まずそうに目を伏せる。

「幸い連中は私を捕まえた後、私が公爵令嬢であることに気づいていました。でも、もし身分がばれていなかったら、下手に捕らえておくよりもと、口封じのために殺されていたかもしれないのよ？」

「それは……」

シオンは言葉を詰まらせる。

彼は随分と大人びているが、まだ十三年しか生きてない子供。事件の解決を急いだけれど、そこにはさすがに連中がレーナを殺したりしないという甘えがあったのだろう。

というか普通、誘拐されたらトラウマになるからね。そこんところの感覚を今後矯正していかねば。

「人を囮にするのが手っ取り早いと感じても、止めなさい。取り返しのつかないことになった時に、ものすごーく嫌な思いをしますからね」

シオンもフォルトも、ショックを受けたように黙っていた。

とりあえず、シオンが裏切っていないこと、そしてフォルトが無事なことにほっとした。

こんな宿の部屋まで借りて、変装までしちゃって……って変装しているのは私もだけど。

さて、シオンがこちらの味方なら話は早い。こんな事件、さっさと終わらせましょう。

私は場の空気を変えるため、パンッと一度手を叩く。

「では、信者の学生が逃げ出してしまう前に、この事件を解決いたしましょう」

「ちょっと待て、簡単に言うがどうやって解決するつもりなんだ？」

「フォルトもまだまだ子供ですね。私を誰だと思っていますの？　レーナ・アーヴァイン公爵令嬢よ」

仁王立ちしてドヤ顔を披露（ひろう）する。そんな私の横から、棘（とげ）のある声でシオンが続く。

「そのイラッとする顔はもういいから。で、具体的にどうやるのさ？」

「誠に不本意ですが、シオンの思惑通り誘拐（ゆうかい）事件は起こりましたから、彼らを捕まえる理由としては十分でしょう。手を出した相手が悪かったというやつです」

「立証はどうするんだ？」

「立証もなにも、最低限必要な当事者はここに皆いるではありませんか。誘拐（ゆうかい）された令嬢」

私は自分を指差した。

「目撃者は二人、うち一人は貴族」

それから、フォルトを指差す。

「そしてシオンの内部告発」

最後にシオンを指差し、二人にニッコリと微笑んだ。

「上手くいくのか？」

フォルトが心配そうにこちらを見つめている。

「上手くやるために立ちまわりましょう。家の力を使います」

「家の力って……？」

「別に子供だけで事件を解決する必要はありません。向こうには当然、大人がいますし。ですから、私達も同じように素直に大人に助けを求めればいいのです。それが、今回はたまたま公爵家だっただけ」

子供の手に余る場合は、大人に助けを求めることは恥でもなんでもない。できないことを認め、どう対応するかを考え、動くことができるかが大切なのだ。だから、まだ十三歳の子供である自分達で解決できないことは、大人の力を貸してもらえばいい。

宿を後にした私達は、教会の関係者に見つからないように、シオンがまわりに注意を配りながら寮（りょう）へ向かう。

念のため私の部屋には戻らず、アンナの部屋に三人で戻った。

「えっ？　えっ？」

私達の姿を見て、戸惑うメイド。

そりゃ当然よね、今朝まではいなかった人物を二人も連れてきたのだから。

しかも、フォルトはシオンのアンクレットを装備したままだから、白髪で金の瞳。シオンは黒い髪と瞳とで、本来とは違う容姿になってしまっている。

「詳しいことは中で」

そう告げて部屋に入り込むと、私達はリビングに通され、アンナのメイド達がずらりと前に並ぶ。

私は拳をぎゅっと握り締め、おもむろに口を開けた。

「事件の解決の目処が立ちました。皆さんにも協力してほしいのです。まず、私とフォルトの従者かメイドを一人ずつ、そしてアンナとミリーをこの部屋に呼んでいただけますか？」

「かしこまりました」

メイド達は私の指示に返事をすると、それぞれ出ていった。

「フォルトにシオン、その髪と瞳の色のままだと説明が面倒です。もう必要ないので元の姿に戻ってください」

フォルトがアンクレットを外すと見慣れた金髪と緑の瞳に戻る。

「戻ったか？」

「ええ、もとの色に戻りましたよ」

「はぁ、これかなり魔力使うからまたつけるの嫌なんだけど」

フォルトからアンクレットを受け取ると、シオンは不満そうにそれを装備する。

黒い髪と瞳が、あっという間にお馴染みの白髪と金の瞳になる。

「シオンはそちらのほうが慣れているからか、しっくりくるわ。今回の事件が片付けば、もう教会の神官ではなくなるから、その髪と瞳の色でいる必要はないでしょう。ただ……」

私が言葉を切ると、シオンは不思議そうに小首を傾げてこちらを見つめる。

「ただ、なんなのさ?」

「その装備品、面白いからいらなくなるなら譲ってほしいのだけど」

そのアンクレットがあれば、お忍び潜入の幅も広がるし、色違いのイケメンも堪能できる。

まさに一石二鳥。趣味と実益を見事に兼ねている。

あれこれ妄想してニヤつく私を見て、シオンは呆れた、と盛大にため息を吐いた。

「……レーナ様の魔力量じゃ、三十分ももたないと思うよ」

私ってそんなに魔力量少ないの……と、地味に辛い事実にショックを受ける。

それから、アンナのメイドが淹れてくれたお茶を飲みつつ皆が揃うのを待つ。

最初に来たのはフォルトの従者だった。

主であるフォルトの無断外泊と消息不明。さぞかし心配したのだろう、げっそりとした従者はフォルトを認めて泣き崩れた。

それから、アンナとミリーに続いて最後に私のメイドが来た。どことなく不安げで暗い顔をしているが、どうしたのだろう。

「お嬢様」

「はい？」

「これはもう子供だけで行動する領域を超えております。お嬢様になにかあったら……後は大人に任せるべきです」

「あー、なるほど。そういうことでしたか、心配しなくていいですよ。これからちゃんと大人に相談するつもりでしたから。そのために皆を集めたのです」

てっきり子供達だけで動くと思われていたのだろう。安心してほしい、そんな無茶はしない。

部屋に集まった人々を見回し、私は静かに話し始めた。

「皆集まったようですね。まず、私が先日誘拐されたことは皆さんご存じだと思います。そして、犯人はまだ学園の中でのうのうと生活しております。私は犯人が学園から逃げる前に捕まえたいのです。シオン、詳しいことを説明してくれる？」

捕獲対象者について、名前、学年、髪の色や特徴をシオンが説明して、なんでかフォルトがメモを取る。

捕らえる相手は三人ともすべて上級生。

『できるクラス』ではないとしても、入学したばかりの下級生だけで三人を捕まえることは難しい。

シオンとて、三人がそれぞれバラバラの方向に逃げ出したら、一度に全員を追いかけることはできない。

どうやったら三人を逃がすことなく捕獲できるか、レーナの父である公爵に連絡を取り、判断を仰いではどうでしょうということになった。

私つきのメイドが、小指の爪ほどの小さな魔石と紙に描かれた魔法陣をテーブルの上に置く。

すると、小さな魔石は魔法陣に吸い込まれ消えた。

このような魔力を必要とする魔道具を使用することは、魔力を安定して扱えない未熟な者には大変危険らしい。

なので、上手く魔力を操ることのできるメイドが、代表して私の父と連絡を取ることとなった。

シオンのアンクレットを使用したフォルトは、危険なんて聞いてないという顔で、シオンをチラッと見ていた。だが、シオンはそしらぬ顔をしている。

魔力の安定の『あ』の字もない私は、しばらく魔道具の使用は止めておこう。危ないってわかってよかった。

「――はい、かしこまりました」

メイドは通信相手である公爵と、先ほどから神妙（しんみょう）な面持ちで会話をしている。

通信相手の声は皆には聞こえなかったので、どんな会話をしているのかわからない。

しばらくすると、魔法陣の光が消えて、一本の白い蝋燭（ろうそく）のようなものが現れた。

なにこれ？　お助けアイテム的なやつかしら。

ぱちぱちと目を瞬（しばたた）かせながら見ていたら、メイドが蝋燭（ろうそく）のようなものをこちらに差し出す。

「レーナ様、公爵といえど学園都市に入るには手続きが多く、このままでは間に合わない可能性が高いとのことです。そのため、騎士や魔法省を目指す上級生に、お手紙で今回の作戦の参加をお願いしてはとのことでした。レーナ様はその手紙を出す際、最後の仕上げである封蝋をする作業をお願いします」

なるほど、上級生を捕まえるには、同じ上級生に頼んで捕まえればいいのね。

人数もいるし、もし同級生となれば捕獲対象者の顔がわかる人もいるだろう。

それから、皆、一生懸命手紙を作成し始めた。

私は、ひたすら最後に蝋を垂らして判を押す。

白い蝋を手紙にポタポタと落とし判を押すと、蝋が赤くなるから不思議だ。

それにしても、なんだかこれ、一見簡単な作業なのにすごく疲れるわね。

「ねぇ、フォルトちょっといいかしら」

「どうした？」

私が声をかけると、フォルトがきょとんとした顔でこちらを振り返った。

「手紙を封筒に入れる係と、封蝋をする係を代わってもらえませんか？」

「俺がしたのでは封蝋は赤くならないから無理だな」

フォルトの言葉が妙に引っかかり、思わず尋ねる。

「ん？　これってなにか意味があって私がしている作業なのですか？」

「お前、ジークのところに朝早くから通うから、午後になったら眠くなって、どうせ授業をろくに聞いていなかったんだろう。これは直系にしか使えない魔道具。朱封蝋と言って、直系が使うと魔力を対価に赤い蝋で封ができる」

「なるほど……それはいったいどんな効果や意味があるのですか？」

「受取人本人以外は開けることができなくなる。封蝋から開けずに中を見ようとすれば手紙は燃える。それに手紙を開けなくても、朱色の封蝋を見れば、それなりの立場の人間がこれを使って手紙を出したということがわかる」

上位貴族の直系専用アイテムってわけね。どうりでヒロインの時は見かけないわけだわ。

「では、この疲労は？」

「それは単純に魔力を使ったことで、魔力を消費したからだ」

「この作業は誰も代われないということは、私はいったいこの作業をいつまで？」

「一人でも多くの人に出せるよう魔力が切れるまでだろうな」

フォルトはあっけらかんと言い放ち、話は終わりだというふうに、再び手紙を封筒に入れ始める。

その姿を見た私は、諦めて黙々と作業をした。

しばらくすると、目がチカチカして座っていられなくなり、私はゆっくりと後ろに倒れ込む。

あらかじめこうなると予想していたのか、倒れ込む私をフォルトがやんわりと受け止めた。アンナとミリーが倒れた私を不安げな顔で覗き込むのが、霞んだ視界の中で見える。

「後のことはどうかお任せくださいませ」

アンナが微笑む。

「レーナ様がお目覚めする頃にはすべて終わっております」

ミリーも微笑む。

「レーナ様、本当にありがとね。フォルト様、僕のご主人様をよろしくね」

シオンの声だ……

さらに目の前がぼやけていく。遠くで先ほど父と通信していたメイドがなにかを話し始めたのはわかるけれど、内容が上手く聞き取れない。

おそらくこの作戦は、最初から公爵令嬢レーナを魔力切れで潰し、安全なところで匿うつもりだったのだろう。そして残りのメンバーで遂行するのだ。

魔道具の封蝋が届きレーナはこの仕事と指定された辺りで、私を除く皆は説明なんてしなくても、レーナを魔力切れで潰すとわかったのだと思う。

フォルトにお姫様抱っこで運ばれ、やわらかなベッドにそっと下ろされた。

「フォルト……」

戦線離脱してたまるか、と意識を保つよう頑張ってみる。

「諦めろ、レーナ嬢。おやすみ」

フォルトの手が優しく私の頭をなでた。

美味しいシチュエーションなのに、目が閉じていってしまう。負けるもんか………

「お前はたまに本当にすごい。でもこういう時のために、シオンから借りてきている」

フォルトの手が私の頭から離れ、足首に触れる。

あっ、しまった。シオンのアンクレット……

アンクレットは、私の足首につけられると、さっそく私の魔力を吸い始める。残り僅かな魔力を吸われ、自分の意思では抗うこともできず、瞼がゆっくりと閉じていく。

「おやすみ、レーナ嬢」

フォルトのその声を最後に、私は意識を失った。

四　憎たらしくても彼はヒーロー

目が覚めた時には、窓の外はすっかり真っ暗になっていた。

窓から入る月の光が、他に灯りのない部屋を青白く照らす。

ふと、見慣れない家具が目に入り、自分がまったく知らない部屋に寝かされていることに気づく。

ここはどこなんだろう……

目は開くけれど、身体はせいぜい指を軽く曲げ伸ばしできる程度で、起き上がれそうもない。

魔力切れって危ないわね。

次からはある程度疲れを感じたら魔力切れを装(よそお)い、動ける間に動けない振りをすることにしないとだめだわ。

ところで、皆はどうしたのだろう。無事なのかしら。

他の人に助けを求めながら事件を解決しようとした結果、私だけが安全な場所に置いてけぼりをくらってしまった。

シオンには私がなんとかすると大見栄切っておいてこのザマ……不甲斐(ふがい)ないわ。

もっと早く、皆の意図に気がつけばよかった。

確かに戦闘では役に立たないけれど、一人だけ蚊帳(かや)の外というのはなんとも言えない気持ちだ。

身体の自由が利かないぶん、グルグルといろんなことを考えてしまう。

そんな時、部屋のドアがノックされた。誰か私の様子を見に来たのかな？

それともすべてが終わったことの報告かしら。

ゆっくりとドアが開くと、ランプの灯りが二つ見えた。

「失礼いたします、レーナ様」

「失礼いたします」

最初の声は私のメイドのものだった。もう一人は、どこかで聞いたことがある男の声だ。

来客だから起き上がろうとしたものの、身体に上手く力が入らない。

「レーナ様、起きていらっしゃいましたか。どうかそのままで、医務室のアイベル先生が念のためと診察に来てくださっただけですので」

なんだ。魔力切れで倒れたから、アイベル先生が来てくれただけか。

メイドにそう言われて、私は起き上がろうとするのを止める。

「女性の部屋にこんな時間に失礼いたします」

先生は頭を深々と下げた。

いやはや、毎度毎度ご迷惑をおかけして申し訳ない。

「いつもの灯りは今夜は使わないようにと言われているので、このようなランプですみません」

メイドがそう言って謝る。

先生はベッドの脇にあるサイドテーブルにランプを置いた。

僅かな油に浮かべられたこよりに灯る弱い光が、ベッドサイドでゆらゆらと揺れる。

「レーナ様、お身体は大丈夫でございますか？」

アイベル先生が優しい声音で私に尋ねる。先生に大丈夫と頷きたいのに、まだ身体が上手く動かない。

「私の指を目で追ってみてくださいね」

そう言ったアイベル先生は、人差し指を私の目の前に差し出し、左右に振ってみせた。

唯一自由の利く目で、右へ左へと動く指を懸命に追う。

「はい、もう結構です。少し腕に触れます」

するりと伸びた先生の冷たい指が、私の手首に触れた。

「はい、もう結構です。意識もしっかりとされているみたいですし、問題はないでしょう。随分と魔力を消耗されているようですが、明日の朝にはひどい筋肉痛を感じる程度で、動けると思います」

「夜分にありがとうございました」

メイドが声の出ない私に代わってお礼を告げ、深々とお辞儀をした。

「いえいえ、これが仕事ですから。魔力の回復薬をなにか見繕いましょう。たっぷりのお湯を沸かして持ってきてもらえますか？　その間に身体に合わせて薬を調合いたしますゆえ」

「かしこまりました。すみませんが一度失礼いたします」

「あっ、調合には少し時間がかかります。出入りされると気が散りますので、終わり次第呼びに行きますね。それに、皆さんも心配なさったことでしょう。従者が落ち着いて構えていることも、レーナ様が安心してお休みになるために必要です。お湯は後でいいので、先にこのハーブティーを飲んで、従者の皆さんも高ぶった気持ちを落ち着けてください」

「お気遣いありがとうございます」

メイドはそう言って、先生からハーブティーのティーバッグを受け取り下がっていった。

それを見届けた先生は、持ってきた鞄をごそごそと漁る。

鞄からは以前シオンが飲んでいた小瓶のようなものや、魔道具らしきものが見える。

「それにしても、レーナ様がご無事でよかったです。ジーク様もひどく心配なさっていましたよ」

先生はそう私に話しかけながら、いまだ鞄(かばん)の中をがさがさと漁(あさ)っている。

「ジーク様……がですか？」

かすれてはいたけれど、なんとか声が出た。

「ええ、レーナ様のことをとても気にかけているようでした。だから、様子を見てきてもらえないかと頼まれたのですけどね」

そう言って、アイベル先生はやわらかく微笑む。

えっ？　ジークが私を心配……？　婚約者の顔もわからないジークがレーナのことを？

ふいに、一つの恐ろしい答えがちらつく……

ジークとは街で別れてそれっきり。今回の作戦には一枚も噛んでいない。

ぶっちゃけ私自身、今まで教会連中の捕獲を、保険としてジークに頼んでいたことをすっかり忘れていたくらいだ。

第一、ジークは私がレーナと同一人物であることに気づいていなかった。

だからこそ、私の名前を教えるということと、図書館の秘密の部屋への入り方を教えるとの条件で、いざとなったら私の剣となる約束を交わしたのだ。

つまり、ジークは私の正体がレーナ・アーヴァインだと知らないのだから、私の様子を見てきてほしいなど頼めないはず……

心臓がすごい速さで脈打つのがわかる。

レーナが監禁され帰ってきたことは、メイド達の秘密事項だ。

主の命にも関わることだ。ほいほいとよそに漏らすなど絶対にない。

思い返してみると、私とフォルトの駆け落ち説の時だってそうだ。メイドがアイベル先生から、私とフォルトが図書館から二人で走っていくところを見た生徒がいた、という目撃証言が出てきたところから、身に覚えのない話が浮上したのだ。

……もしかして、目撃した生徒の情報ではなく、私達を追いかけてきたほうの生徒の情報だったのでは？

私が図書館の梯子から落下したのは縦ロールを止めた後で、私はジークとともに医務室に行った。

新定番の編み込みハーフアップになった私は、その姿で先生と接触している。

その後私の様子を見に、先生が部屋に来てくれたけれど、あれは、私が本当に公爵令嬢レーナか確認するための行為だったのではないだろうか……

シオンは声と背恰好をたよりに、グスタフを学園や学園都市で探したものの、見つからなかったと言っていた。

けれど、そもそも回復魔法の使い手であるシオンは、怪我をしてもおそらくすべて自分で治せるから、医務室を利用する必要はない。

そして、黒色は教会で忌み嫌われるからと、シオンはわざわざ魔道具を使って髪と瞳の色を変えていた。

今私の前にいる先生と同じ、白い髪と金の瞳に……

「随分と呼吸が乱れていますね、どうぞこちらを」

先生は優しい笑顔で、どこか聞き覚えのある声で話しかけてくる。手には小さな小瓶が握られていた。

そう、私はこの声を聞いたことが確かにあったのだ。

あの地下で出会う前に……医務室で、私の部屋で……

「だ……いじょうぶです」

差し出された小瓶は中の液体の色が、なんとなくシオンが飲んでいたものと違う気がする。

本能的に恐怖を感じ、飲むことを拒否した。

すると先生がランプを私に近づけ、私の顔を覗き込んだ。目を大きく見開くと、ぎょろぎょろと私の瞳を見つめる。

「やはり瞳孔が開いている……いくら取り繕っても、瞳は嘘をつけないのよ」

「えっ……？」

先生の話し方が、聞き覚えのあるオネェ言葉に切り替わる。

「嘘つきねぇ～本当はこんなに怯えているのに……。魔力の低い子供だと甘く見ていましたが、小さくても王家の忠犬だったのねぇ。このアンバーの雌犬め！　今回の潜入に私が費やした十年あまりの時間がパーになったじゃない」

私の輪郭をグスタフの冷たい指がゆっくりとなぞる。

目の前にいるアイベル先生が、グスタフだったのだ。恐怖で喉が引きつる。

「さて、メイドが眠っている間にお暇しましょうかね」

にこやかに笑いながら、先生はサイドテーブルに置いたランプを手に取る。

揺らめく炎に照らされた先生の顔はひどく不気味だ。

「だれか……」

助けを求めるべくなんとか声を出すが、か細い声はあっという間に空気に溶けた。

「無駄よ。今頃は先ほどのハーブティーの香りで皆さん夢の中でしょう」

——助けは来ない。絶望で目の前が真っ暗になる。

どうする……どうしたらいいの、私は。

「さて、アーヴァイン公爵家の血はなにかと使えますからね。私と一緒に来てもらうわ。よかったわね、貴女だけまる焼けにならずにすむのよ」

そう言うと、先生は持っていたランプを部屋の壁に向かって思いっきり投げつけた。

ランプのガラスが壁にぶつかり、パリンッと音を立てて割れる。

僅かな油が床にこぼれ――火がついた。

「随分としょぼい手土産だけど、ないよりましでしょう」

先生は私を軽々と担ぎあげ窓を開ける。

火はゆっくりとカーペットを焼いていく。

「火が……誰か、誰……か……」

私の声は誰にも届かない。

先生は私を担いだまま、窓枠に足をかけ躊躇いなく外へ飛び降りた。

足が折れてもすぐ治せるやつらは、移動手段がぶっとんでいる……

私が寝ていた部屋は五階よりも低い階層だったようだけれど、衝撃は来る。みぞおちに鈍い痛みが走り、私は激しく咳き込んだ。

先ほどまで私がいた部屋を見上げると、窓から少し煙が漏れていた。

このままじゃ、バッドエンドだ。どうしたらいいの……

「だ……れ……かぁ……」

必死に声を出す。

「誰も来ないわよ。起きている生徒は、今頃貴方達が送ったお手紙を読んで、隠し通路で神官のなりそこない相手に鬼ごっこ。他の生徒はとっくに寝ている時間よ。こーんな夜更けにはね」

先生はニタリと気色悪い笑みを見せると、静かに私の耳元に囁いた。

ＬＵＣＫＹネックレス様、助けて……。ぜんぜん運が上がった気がしないわよ。

確かに私の命だけは助かりそうだけれど、その後は絶対ろくなことにならない気がする。

この商品が不良品というわけじゃないなら、王子様でも悪魔でも、とにかく誰でもいいから私を助けに来て！

「ぐあっ!!」

一瞬、鈍い音が聞こえた後、突然、先生が呻き声をあげた。すると、私は先生もろとも吹っ飛んで、地面に投げ出されごろごろと転がった。

「ぐっ、うっ……うっうう……」

あまりの衝撃に私の口から苦鳴が漏れる。

魔力切れしている身体のあちらこちらが痛い‼　そして、また私は泥まみれだし。

いったいなにが起こったの？

言うことを聞かない身体で必死に顔を上げ、現状を把握しようとする。

その時、月の光に照らされた人影が目に入った。

美しい銀髪が月光を浴びながらさらりとなびく。ムカつくほどに整った顔が、地面に無様に転がり、起き上がることすらできない私を見下ろしてこう言った。

「すまない、遅くなった」

短い言葉。それでも私を安心させるには十分だった。

だって、彼は物語のヒーローなのだから。

見慣れた顔を見て安心すると、不思議なもので、いくらなんでも私ごとぶっ飛ばさなくてもと不満が込み上げる。

……って、こんなことを思っている場合ではない。

「ひ……火が。火事……」

必死に火のことを告げると、ジークは私から建物にすっと視線を移す。

私が先ほどまでいた部屋から、黒い煙が上がっているのを見て、ジークがごそごそと胸元を漁りなにかを取り出し咥えた。

次の瞬間、静かな夜に似つかわしくない、甲高い耳障りな笛の音が静寂をぶち破り鳴り響く。

「ピィーーー！」

何度も。何度も。

真夜中に響き渡る笛の音に、寮の部屋の灯りがポッポッとつき始め窓が開く。煙に気づいたメイドや部屋の住民達が慌てているのがわかった。

きっと誰かしら水魔法が使えるから、これで鎮火できることだろう。

「どうした？　薬でも盛られて立ち上がれないのか？」

一向に立ち上がらない私に、ジークが不思議そうにそう言う。

まぁ、盛られたというか、私をこの動けない状況にしたのは身内だけど……

どうしてジークが、このタイミングで私の危機に駆けつけられたの？　とか聞きたいことはたくさんある。しかし、身体が言うことを聞かない。

それに今一番の問題は、吹っ飛ばされた先生がどうなったかよ。

先生がもしシオンと同じなら、絶対今の一撃で倒れたりはしない。きっとゾンビのように起き上がってくるはずだ。

「せんせい、を……」

声を絞り出しジークに注意を促す。ジークが先生が吹っ飛ばされた辺りを見ると、案の定すでに回復魔法で治したのか、首をぽきぽきと鳴らしながら平然と先生は立ち上がった。

「了解した。約束通り私が君の剣となろう」

きっと私は不安な顔をしていたのだと思う。私を安心させるかのように、ジークははっきりとそう言って少しだけ笑った。

「本当に目障りな雌犬ね。ジーク様……どうか今回はそちらが引いていただけませんか？」

あれだけの衝撃をもろにくらったにもかかわらず、余裕な笑みを見せる先生。その目がドロリと濁っているのを見て、全身が粟立つ。

「残念ながら引くわけにはいきません。今さら引くと寝覚めが悪い」

ジークが庇うように私の前に出て、先生に微笑みながら啖呵を切った。

「まさかジーク様……戦われるつもり？　実戦経験などさすがにないでしょうに。未熟な貴方と私が、まともにやりあえばただではすみませんよ？　その女を置いていけば見逃してやる」

先生の話し方がオネェ口調から、最後ドスが利いたものに変わる。

「彼女と私は契約に縛られている。確かに今は、完全に割に合わないことを引き受けたと後悔しているけれど。彼女の話が真実だったと確信を得た今、彼女を連れ去られるわけにはいかないし、貴方を野放しにするわけにもいかない。貴方は裁かれる必要がある」

先ほど浮かべていた微笑から一転、ジークは鋭い眼光で先生を射貫く。瞬間、ジークの纏う空気が一気に殺気立った。

私を守るだけではなく、ジークは一戦交えて先生を捕縛する気だ。間違いない。

だって私とジークは約束してしまったのだ。私の代わりに剣となると。

「なるほどなるほど。こちらの要求は呑めない……でよろしいですね」

「あぁ、そうなるね」

ジークは目を細めて頷くと、優雅な所作でポケットから取り出した白い手袋をはめた。

「ジーク様、どうしても貴方が欲しいという方はたくさんいますから、その美しい顔を傷つけたくないのです。回復魔法は時間が経つと治りが悪くなりますし、抵抗されることを考えると迂闊に癒せませんからね、実に勿体無い」

わざとらしくため息を吐き、肩を竦めた先生が、懐から短いナイフをゆっくりと取り出す。鞘から抜かれると、ぬらりと紫の刀身が現れた。

「さぁて、久々にたっぷりとお食べ」

そう言って、先生はベロリと妖しげに光る短刀を舐める。

さすがシオンの元上司だけある。シオンの上を行く凶悪さだ。

「できれば一戦交えずに投降してほしかったんだが……」

ジークも腰に下げた細身の剣をスラリと抜く。

私の目の前でジークが抜いた剣はまさしく本物だった。こんなのでやりあったらただですむはずがない。

「危な、い……から」

私の言葉に、ジークが振り返りこちらを見下ろす。

「引かないよ……、今の私では君を抱えて彼からは逃げられない。約束しただろう？」

優しく微笑んだジークが、勢いよく飛び出し先生との距離を一気に詰める。

すぐにキンッという金属同士がぶつかる音が聞こえた。

……私に今できることはないか考えろ。

このままジークに戦わせて、見守ってるだけじゃだめだ。

私に今できることは、這ってでもこの場所から離れること。ジークも動けない私がいては動きに制限がかかってしまう。

身体の節々(ふしぶし)が痛い、倦怠感(けんたいかん)もすごい。でもそんなことを言ってられない。

だってジークは剣を抜いて、私のために前に出てしまったのだから。

必死に手を前に出して、地べたを這(は)う。

そんな時、手になにか硬いものが当たった。私はそれを掴(つか)み、自分の顔に近づける。

それは魔力を回復するため、シオンが飲んだものと同じ小瓶(こびん)であった。

ジークに吹っ飛ばされた時に、先生の鞄(かばん)の中身もそこら中に散らばったのだろう。たくさんあった薬の中から、見事魔力回復薬を引き当てる運の強さ。

ＬＵＣＫＹネックレス様!! 先ほどは効果を疑ってごめんなさい。

どうせ、這(は)いつくばっていても使い物にならないのだから、少しでも動けるチャンスにかけるしかない。

私は迷うことなく封を開け、口に薬液を流し込んだ。

もしこれが回復薬じゃなかったとしても、動けない私がもっと動けなくなるだけだ！

ドロリとした苦いなんとも言えない液体が口の中に広がる。

自然と身体が飲み込むことを拒否するが、それをなんとか抑(おさ)え無理やり嚥下(えんげ)した。

——効果はすぐに現れた。

薬液がお腹に入るとすぐにジワーッと温かなものが私を満たし、痛かった節々(ふしぶし)も、言うことを聞かなかった身体もすんなり動くようになる。

「戦況は？」

私はすかさず立ち上がり、ジーク達の状況を窺う。

先生は中年の男性。そんなにスタミナがあるとは思えない。

お腹も出ているし、本職は教会の神官の治癒師なら、本来ならば後方支援をする人材のはずなのだ。

しかし、私の予想は大いに裏切られる。

先生は治癒師であることを最大限に活かして戦っていた。

治せるから多少ジークの剣が己を貫いても構わないと、回避は最小限にして攻撃に転じる。

あの不気味な紫色のナイフが、ジークを何度もかすめる。

「ほらほらほらぁあ！　貴方は治せないんですから、しっかり避けてくださいねぇ！」

ジークの剣に何度も斬りつけられているのに、楽しそうに笑う先生。怪我をある程度受けると、たちどころに魔法で治してしまう。

見るからにジークが押されていた。年齢と戦闘経験の差が明らかに出ている。

ジークは致命傷になるような傷はもらってない。先生の一撃一撃は大したことはないかもしれないが、時間が経(た)つにつれジークが不利となるだろう。

スピードでは上まわるジークは一見優勢に攻めているように見えるが、こちらには先ほど先生が言っていた通り回復する手段はない。

それに、身体強化をしているジークは魔力をかなり使うはず。

だから、ジークの動きは魔力切れまでの期限つきなのだ。

ゲームの後半では、どんなに遠くにいる敵にも派手に魔法をぶっぱなし敵なしのジークだった。だが、一年生の今では先生は手に余る強敵である。

むしろ、これだけ身体強化できるのは十分すごいことなのだ。

身体強化を保ったまま私を諦(あきら)めて逃げれば、おそらくジーク一人なら逃げ切れる。にもかかわらず律儀(りちぎ)に約束を守り、『私の剣』となっている。

こうして二人の戦いを見守っている間も、先生の不気味なナイフがジークを攻め立てていた。ジークの剣捌(さば)きは悪くないものの、彼の制服には少しずつ血が滲(にじ)み始めている。

「誰か！　ジーク様を援護してちょうだい！」

そう叫んだが、誰もこちらに加担(かたん)する様子はない。おそらく魔力持ちの者は、すべて火事の対応に出ているのだろう。

今ここで魔法を使えるのは、ジークを除(のぞ)けば私くらいだ。しかし、私の緑の魔法は物を作ることに向いているため、戦闘にはまったく適さない。

私に火の魔法が使えたら、水魔法が使えたら……ヒロインのように光の魔法が使えたら……と思うけれど、そんなことを言っていても始まらない。

だって私はヒロインじゃない。悪役令嬢レーナなのだから。

幸い二人がやりあっている場所は、草木の生い茂る寮の裏庭だから、私にもなにかできることがあるかも。

いても立ってもいられなくて、蔓がないか辺りを見回す。

少し探すと、すぐに木々に巻きついた蔓を見つけた。

それに触れた後、私は覚悟を決めた。

落ち着いて。シオン相手にはちゃんとできたじゃない。ほんの少しだけでも先生の足を止めて邪魔ができればいいの。

気合を入れて魔力を込めると、蔓がスルスルと伸びた。

よし、魔力回復薬のおかげでちゃんと緑の魔法を使うことができる。

そのまま伸ばしたんじゃばれちゃうから、地面に蔓を這わせて足に絡める隙を窺うのよ。

集中して。少ない私の魔力量では失敗は許されないんだから。

蔓を握り締めて、どうかばれないようにと必死に祈る。しかし、そんな私の願いもむなしく、こちらに先生の視線がゆっくりと移った。

「おや〜、いつの間にか立ち上がりましたか」

ニタニタといやらしい笑みを向ける先生に、思わずヒュッと息を呑み込み、蔓を握る手に力が入る。

「まだ終わってない」

先生の興味が私に移ったことを感じたジークが、顔を歪めつつ、息を切らせて言う。

そんな彼に目線を戻した先生が、ボロボロのジークを見て嘲笑った。

「ジーク様、残念ですね。もう貴方にはほとんど魔力は残っていない。彼女にはここで私の剣の養分となってもらいます。貴方はそこで大人しく見ていてください」

先生はそう言うと、一瞬で距離を詰めた。

私の目じゃ追えない——

「一歩でいい、逃げろ！」

切羽詰まった声でジークが叫ぶけれど、私の身体は恐怖でピクリとも動かない。

もうだめだ……

諦めて死を覚悟した時、私は思いっきり突き飛ばされ尻餅をついた。

驚いて見ると、先ほどまで私が立っていた場所でジークが膝をついている。そして、彼の右肩を先生のナイフが貫いていた。

右肩から勢いよく滴り落ちる血が、傷の深さを物語っている。

「グッ……」

さすがのジークも立っていられないのか、呻き声とともに剣を杖のようにして地面に突き立てた。

「ジーク様！」

庇ってくれたのだ。私が全然動かなかったから……！

先生はジークを貫いていた紫の刀身を躊躇うことなく一気に引き抜く。ジークの血を纏ったナイフは、一段と妖しく光っていた。

そして先生は、今度こそジークの動きを止めるべく、再びナイフを高く振りかぶる。

もう一撃をもらったら、ジークは完全に動けなくなってしまう。最悪、死ぬかもしれない。

私が魔法で草木を伸ばすのなんて間に合わない。

後先なんか考えなかった。私は素早く起き上がり、先生の前に両手を広げてジークを守るように立ち塞がった。

瞬間、先生が振り下ろしたナイフが私の胸を深く抉る。

痛みは不思議とないけれど、刺された部分が熱い……

これが、アドレナリンっていうやつなのかもしれない。後で、痛みが出る前に治療をしてもらわないと。

私はナイフを掴むと、私の手にたまたまついていたちぎれた蔓に、魔力を込めて私の手ごとナイフをからめ捕る。

「くそっ、小娘が！」

私がナイフを蔓で幾重にも覆ってしまったため、先生の力でも簡単に引き抜けない。

先生は私に足をかけナイフを力任せに引き抜こうとするが、これが抜かれたら終わると、私はありったけの魔力を蔓に注ぎ込む。

「痛いっ。いたたたたたたた！」

ナイフが刺さっているところは痛くないけれど、私に足をかけ、ナイフを抜こうとしてくるのが痛い。

「ぐぁぁあっ！」

ふいに、先生が目を剥いて苦悶の表情を浮かべた。視線を横に滑らせると、ジークが剣を握りなおし、先生の胸元を深く刺し貫いている。

しかし、先生はジークをギロリと睨みつけただけで、回復魔法で治せるからか刺さった剣のことなど気にせず、私からナイフを引き抜くことを優先する。

そんな彼の傍で、ジークが小声でぼそぼそとなにかを呟いているが、なんて言っているかは聞き取れない。

剣が刺さっても先生は動じてないし、蔓を伸ばしても彼に止めを刺すことは不可能だ。私じゃ先生から逃げきれない。ジークが逃げるにしろ足止めが必要だと、私は蔓をさらに伸ばして先生の片足に絡めた。

その時――ジークはぶつぶつ呟くのを止めて、鋭く先生を見据えた。

「これで終わりだ、この化け物」

途端にジークのまわりを冷気が包む。

ジークは氷魔法を詠唱していたのだ。

まわりの温度が急速に低下し、先生はナイフを諦めて、己に刺さったままのジークの剣を引き抜こうと乱暴に掴んだ。

次の瞬間、ジークの剣を掴む先生の両手がピキピキピキッと嫌な音を立てて凍り始める。

先生は後ろに下がろうとするが、両足に蔓が絡みつきそれは叶わなかった。

「なによ。こんな蔓なんか！」

目を血走らせてがなる先生に、私はニヤリと悪戯っぽい笑みを向ける。

「緑魔法だってやる時はやるのよ」

「くそ、くそ、くそぉおおおおお」

最後に断末魔の叫びをあげ、先生の全身が厚い氷で覆われた。

倒せた……の？

「ねぇ、ジーク様。これって倒したのよね……ねっ？」

氷漬けの先生を指差して興奮気味にジークに尋ねると、彼は握っていた剣から手を離し、仰向けに倒れ込んだ。

「大丈夫？　じゃないわよね……」

倒れ込んだジークを覗き込む。魔力切れ特有の汗をじっとりと掻き、息は荒く、目の焦点も定まっていない。

肩からかなり出血しているし、ボロボロに破れた制服にも、ところどころ血が滲んでいる。

いや、私も胸に思いっきりナイフが突き刺さっているのに平気なのもどうよ、って感じだけど。

前に包丁とかが突き刺さったら無闇に抜いたらだめで、適切に処置するまで刺さったままにしておきましょうって聞いたことがある。

シオンが来るまでは、気になるけれど刺されたままにしておこう。

「待っていて、今誰か回復できる人を連れてくるから」

シオンを呼ぶため、一旦この場を離れようとする。しかし、ジークが私の腕を力なく引っ張った。

「君の名前をまだ聞いていない」

「今はそんなことよりも治療が先でしょう」

「治癒師なら他の誰かが呼んでくる」

辺りに目を配ると、確かにこちらを指差しながら、慌ただしく助けを呼ぶ人々の姿が見えた。

私は安心して一つため息を吐き、傷だらけのジークに視線を戻す。

「君のことを調べたんだ」

「私のことですか？　それより、無理に話すと身体に障りますよ」

私の言葉にジークは小さく笑い、ゆっくりと首を横に振る。

「話すのを止めたら魔力切れで意識が飛んでしまう。そのほうが厄介だから、これでいい」

「そうですか……」

つまりジークにいよいよ、私はレーナです！　とネタばらしする時が来たのだ。

あれだけ私の剣として死闘を繰り広げたのに、名前を知りたがっていた相手は実は自分の婚約者、なんてオチで申し訳なくなる。

「髪の色も瞳の色も、身長だってどれくらいかわかっていたし、制服を着ているから学園の生徒だと思ったのだけれど……これだけの情報を持っているにもかかわらず、結局君のことは何一つわからなかった」

いや、間違いなく私はここの生徒です。授業だって出ているし。

確かに私の平穏な生活を守るために、ジークとヒロインを思いっきり避けて暮らしていた。

でも、ジークが私を今さら調べようとしたことが悪かったんだと思うの。だって、ジークが自分の婚約者であるレーナを探しているだなんて、誰が思うのって話だ。

当然、婚約者であるレーナ以外で、レーナの特徴を兼ね備えた別の女子生徒を探しているのだと思っただろうし。

「探し方が悪かったのだと思いますよ。この通り私は学園に通っておりますから。でも、どうしてあのタイミングで駆けつけられたのですか？」

一番聞きたかったことだった。本当に危機一髪のタイミングでジークは現れたのだ。

「それは本当に偶然だった……。図書館で落下した君を医務室に連れていったのを思い出して、君と別れてか、ら……先生のもとに君のことを……探り……に行ったんだ」

ジークは意識を飛ばさないため、懸命に話し続ける。

なるほど……私が誰かを探りに行く過程で、運よく今回の事件の真犯人に辿り着いたというわけか。

「そのままアイベル先生の後をつけたということですか？」

「そうだよ。見たことがないくらい……苛立っていて……異常だったからね。そこで気づいたんだ、先生は……白髪に金の瞳……教会の連中が好む色を纏っていると。今晩は特に異常だった。先生は誰かを探していたみたいで、寮のいろんな部屋をノックしていた」

なるほど、寮内にレーナがいるとあたりをつけて、しらみつぶしに探しまわり、見事ビンゴとなったわけね。

「後のことは君も知っての通りかな……。君が、無事でよかった。契約通り……私は……君の剣となった。次は君が約束を守る番だ……」

途切れ途切れに言葉を紡ぐジークの瞼が、ゆっくりと閉じられていく。

「君の名前は……？」

ジークが再度私に問いかける。

「私の名前は、レーナ・アーヴァイン……」

そう答えると、ジークは意識を失った。

結局、彼が私の名前を聞けたかは不明だ。

「ジーク様？　ねぇ、ジーク様」

何度も彼の名前を呼びかけるも返答はなく、ジークの息遣いがだんだん弱々しくなる。

どうしよう、どうしたらいいの？

焦（あせ）りを募（つの）らせていたちょうどその時、シオンとアンナ、ミリーが現れた。ＬＵＣＫＹネックレス様々である。

私の胸に深く刺さったナイフを見て、アンナとミリーはすぐに倒れてしまったけれど……。

「レーナ様、どうしてここにいるのさ。ジーク様も……いったいどうなってるの？」

この件から遠ざけたはずの私が、胸にナイフが刺さった状態でいるのだから、そりゃぁ戸惑いますよね。

「細（こま）かい説明は後でするから。シオンお願い、ジーク様を助けて」

そう言ってジークを指差すと、シオンは眉間にしわを寄せて、顔をしかめた。

「はぁ？　あんた胸にナイフ突き刺しといてなに言ってんの？」

シオンのツッコミはその通りだけれど、今はどう考えてもジークのほうが重傷なのだ。

「私はこの通り話せるし、まったく痛くないの。ジーク様、さっきまで話してたのに……何度呼びかけても返事をしなくなって」

「わかったから、とりあえずそこ退いて。治療の邪魔」

シオンはぶっきらぼうに言い放ち、ジークの傍にしゃがみ込み、回復魔法をかけ始めた。

ジークの怪我はシオンがあらかた処置し、先生の鞄から拝借した回復薬を少量、鼻をつまみ半ば無理やり嚥下させた。ひどい魔力切れを起こしていたが、きちんと寝ればいずれ回復するだろう。

その後、シオンが私に刺さったナイフを抜こうとしたけど、なぜか抜けなかった。

『ならちょっと押してみたら？』なんてシオンが言って、一応怪我してもすぐに治せるように、魔力を送った状態で触ると、ズズズッと私の中に吸い込まれていったというトラブルもあった……

シオン曰く、武器を身体に収納して、出し入れできる人物が少数だけどいるらしい。

ひとまず身体に入ったなら、あの刀は私に対して害はないそうだ。

取り出せないという問題については、おいおいなんとかしましょう、ということに落ち着いた。

それから、私を含めこの事件に関わったメンバーは全員、当然だが事情聴取された。聴取は結局三週間ほど続き、魔法省と学園から、じっくり、こってーーりと絞られたのだった。

今回の事件は、シオンが私の説得に応じ教会を裏切る決断をしなければ、決して解決することはなかった。

とはいえ、シオンは教会から王子暗殺命令を受けた当事者。

暗殺が実行されなかったとはいえ、シオンにどんな処罰が下されるか――それだけが心配だった。

「素直に僕が知ってることを全部白状して、後は上からの裁きに従うしかないでしょ」

しかし、私の心配をよそに、シオンはというとすでに腹を括っていたみたいだ。

「シオンが協力してくれなかったら、今でも王子は命を狙われ続けていたわ。だから、そこを強く主張して、できる限り罪に問われないように嘆願するつもり」

「もう十分だよ、レーナ様。正直なところ、重傷のジーク様と胸にナイフを突き刺したレーナ様を見た時、僕が誰かを手にかけることにならなくて、ほっとした。教会を抜けるよう説得してくれたこと、すごく感謝してる。心配はしこたまさせるけど、レーナ様、アンタいいご主人様だよ。少なくとも僕を仕えさせようとした中じゃ一番。じゃあ、先に絞られてくるね」

シオンは明るい口調でそう言うと、魔法省の聴取に向かった。

寮の火災や、かなりの人がアイベル改めグスタフとジークの戦いを目撃していたこともあって、後日、学園側から正式に今回の事件について生徒に通達された。火事については、幸い私のメイドも軽傷で、死者や重傷者は出ていない。

第二王子の暗殺を目的として発生した事件だが、事が事なので本当の理由は公にはされなかった。

表向きは、貴族が多く住まう寮を狙って放火を謀ったグスタフを、ジークが捕まえたということにさらっとなったのだ。

明らかに怪しいし、疑問点はあっても、そこは貴族とその関係者が多いだけあり、皆あえて口にはしない。

懸念していたシオンへ下された判決は、私と彼が血の盟約を結んでいるということで、予想よりずっと軽いものとなった。

当分盟約を勝手に解消しないことを私が約束することで、シオンはこれまで通り学園に通えるようだ。もちろん立場は神官ではなく、ただの一生徒として。

教会関係者はシオンを除き、学園から姿を消した。

教会の勢力もこの事件のせいで、大幅に減少したそうだ。

ちなみにグスタフだが、さすが回復魔法の使い手だけあって、氷漬けにされても生きていた。

これから彼は王子暗殺計画も含めて、罪に問われることになるそうだけど、それ以上のことは子供の私達に教えられることはなかった。

あのゲームで起こった、忌まわしい生徒失踪事件と王子暗殺計画は、グスタフの捕縛により収束したのだった。

五　学園生活の区切り

事件の後、私のことを一番気にかけてくれたのは、意外なことにレーナのことが嫌いなはずのフォルトだった。

事件の翌日、メイドからしばらくは部屋で安静にしているよう言われ、暇を持て余していた私のところに、フォルトがやってきたのだ。彼に会うのは事件後初めてである。

「あら、フォルト。どうしたの？」

フォルトは肩で息をして、寝室の扉の前に立ち尽くしている。

「フォルト？」

どうしたんだろう……そう思った時——フォルトの瞳からぼろぼろと涙がこぼれた。

それを隠すみたいに、すぐに彼は自分の制服の袖で涙を拭う。

突然のことに驚いていると、絞り出すような小さな声でフォルトが呟いた。

「……無事でよかった」

よく見ると、いつもきちんと締められているフォルトの制服のネクタイが、今日は珍しく緩められ、普段はきっちりセットされてる髪も乱れている。

それくらい慌てて私の様子を見に来てくれたのだろう。

「ベッドに横になっているけれど、具合が悪いわけじゃないのよ。シオンがちゃんと治癒してくれたし。でも、皆心配してしまって、この通り部屋に缶詰めにされちゃったのよ」

フォルトを安心させたくて、無事であることをアピールしてみる。

本当にどこも悪くないし、メイドがちょっと大げさにしているだけなのだ。

「シオンに治癒してもらったのか？」

「えぇ、ちょうどいいタイミングでアンナとミリーと一緒にシオンが来てくれて。助かりました」

不安げな顔のフォルトに、ニッコリと笑みを向ける。

この様子だと、私の身体の中に突き刺さっていたナイフが入っちゃったとか言うと、余計に心配させてしまいそうね……

ナイフが私の中に入ってしまったことは、フォルトには黙っておくことにした。

「痛みは？」

「もう本当に大丈夫です。メイド達が心配するから大人しくしているだけですから」

「ごめん」

両手を白くなるまで握り締めて、フォルトが頭を下げた。

「別にフォルトが謝罪するようなことはなにもないけれど……」

「シオンとレーナ嬢の時もそうだ。俺が二人の話をちゃんと聞いていれば……」

「それは、以前謝罪してもらったから。そう何度も謝らなくても……もう気にしていないです」

「教会の関係者である生徒を捕まえる際も、レーナ嬢の魔力を使い切らせるつもりだったことは、朱封蝋を提案された段階でわかっていた」

やっぱり……、皆は最初から私を遠ざけ、関わらせない予定だったんだ。

「レーナ嬢にちゃんと理由を説明すればよかったんだ。レーナ嬢は魔力量が少なく、自分の身が守れない可能性があるから捜索には加わらないでほしいと。すぐに納得してもらえなかったとしても、ちゃんと話をして俺はお前に納得してもらわないといけなかったんだ」

「その後悔は次に活かせばいいと思います。それにほら、私はこの通り元気ですからね」

ひらひらと手を振って元気であるアピールをするけれど、フォルトは思いつめた表情のままだった。

「俺はちゃんと考えないといけなかった。魔力切れにさせたら、いざという時レーナ嬢が動けないことも。相手は一度レーナ嬢を狙って攫ったんだから、またレーナ嬢を狙う可能性があったことも」

フォルトの声が泣くのを我慢して、かすれていく。

自分の配慮が足りなかったせいで、レーナが死ぬかもしれなかった。それがわかるから、フォルトは自分を赦せないのだろう。

今回の事件が十三歳の私達に残したものは、あまりに大きい。

ゲームでの事件を知っている私は、死人が出なくてほっとしたくらいだ。しかし、フォルトにすれば、自分の誤った判断でレーナの命が危険に晒(さら)されたのだから、心穏やかにはいられない。

「フォルトのせいじゃないわ」

私は目を細めてゆるゆると首を振る。

「アイベル先生が、ジークの名前を出していろんな部屋をまわって、レーナを探していたことをメイドに聞いた」

そう言えば、ジークもそんなことを言っていたわね。

「……俺だけが知っていたんだ。ジークは髪型を変えたレーナに気づいていないのに、お前を気遣ってほしいだなんて医務室の先生に頼むはずがないと……」

フォルトの声が詰まり、肩が小刻みに震える。

「フォルト……？」

「全部、全部、俺だけが知っていたんだ……ごめん、ごめん……ごめん」

ごしごしと溢(あふ)れる涙を袖(そで)で拭(ぬぐ)いながら、フォルトは何度も何度も謝罪の言葉を口にする。

言い出したらきりのない『たられば』にフォルトは囚(とら)われていた。

それだけ、フォルトにとって、私が死ぬかもしれなかったということは重いことだったのだ。

「今日くらいは、大人しくベッドにいろ」ってシオンが言っていたけれど……

私はゆっくりとベッドから出て立ち上がると、フォルトに向かって歩き出す。

「フォルト。ありがとう」

なんて声をかけようか悩んだ。咄嗟に私の口から出てきたのは感謝だった。

「シオンのことも、朱封蝋のことも、フォルトが私のことを考えて行動してくれたってわかってるわ。今回はたまたまよくない結果だったけれど……。フォルトは私のことあまりよく思っていなかったでしょ。それでも、私が危険な目に遭わないように考えてしてくれた。この世に絶対の正解なんてないし、失敗は反省して次回に活かせばいいと思う。それに、自分のやるべきことをやったフォルトは偉いわ。私だったら、見なかった振りをするかもしれない」

「……でも、俺は」

フォルトがさらになにか言おうとするのを遮って、私は話す。

「反省はすべきだわ。でも後悔はいつまでもしていたらだめなのよ。あーあ、たくさん話したらなんだか喉が渇いてきましたわ。お茶にしましょう。うちのコック、なかなかの腕なのよ。この前は出来合いのお菓子だったけれど、今日はちょっとなにか作ってもらいましょうか？　フォルト、付き合ってくださいます？」

「あっ、あぁ。すぐにメイドに飲み物を頼もう」

私の言葉を聞いて、フォルトが慌てて目元を拭いてメイドを呼びに行った。

お茶を飲みながら、フォルトから、私が寝ている間いったいなにがあったかいろいろ話を聞いた。

学園の隠し通路は至るところにあって、調査が後々必要になるだろうことや、教会の生徒を捕縛する際に、今回の騒動に協力してもらった上級生の魔法を見て感動したこと。

私はフォルトと、レーナ史上一番じゃないかってくらい、いろんなことを話した。

それから私は、ジークに自分の名前で彼の体調を窺う手紙を送った。ほどなくして、彼から心配してくれたことへのお礼が丁寧に書かれた手紙が届いた。

その手紙を受け取ってから、そう言えばまだジークに図書館の秘密の部屋への入り方を教えていないことを思い出し、その方法を再度手紙にしたためた。

他の人に手紙を読まれて、レーナが図書館の秘密の部屋への入り方を知っているのがばれては、いろいろ面倒だ。そう思い、念のため差出人は書いていない。

これにはジークからの返事は来なかった。

魔法省からの度重なる事情聴取のせいで、私はテスト前の大事な時期だというのに全然勉強ができなかった。

このゲーム、テストの成績が悪いと補講がある。

七月から九月の終わり頃まで夏休みがあるのだが、赤点を取りまくると夏休みの半分が補講になるという悪夢となるのだ。

私はすでに長期休暇はアンバー領の実家に帰ると決めているのである。

ゲームではヒロインは帰る場所がないため、夏休みも学園に残っていたし、主要キャラクターも、各々(おのおの)理由は様々だけれど学園に残る。

まぁ、主要キャラが全員里帰りしちゃったら、恋愛ゲームとしてどうよって話だけど。

ゲームではレーナもジークが学園に残るから、夏休みの間も学園に滞在していたのだろうが、厄介事(やっかいごと)を避けるためにも私は実家に帰るのよ。

というわけで、なんとしても補講になるわけにはいかない。

何度も言うけれど私は夏休み実家に帰るのよ、なんとしても！

しかし、ここにきて大問題が生じている。

レーナのこれまでの授業態度は、はっきり言ってよろしくない。

そのため、テストで挽回しないといけないのだが、この世界の知識はゲームで得たことがすべてだ。

なので、アンナとミリーにノートを借りて教えてもらうことにした。

授業が終われば補講回避のための勉強勉強勉強。

――後期は絶対にまじめに授業を受けよう。絶対にまじめに授業を受けよう!!

そう私は心に固く誓った。

私の努力もだが、アンナとミリーの多大な協力のおかげで、テストの成績は平均よりやや下程度で収まった。もちろん赤点はなし。

念のため確認しに行った補講対象者の一覧のところに、私の名前はなかった。

そう。私は見事、補講回避を成し遂げたのだ。

後ろで見守るアンナとミリーは、ハラハラしていたようだけれど、総成績はともかく、補講対象者のところに私の名前がなくてほっとしていた。

ちなみに、私の勉強にずっと付き合っていたこともあってか、二人とも三十位以内に入っている。

アンナとミリーは、「レーナ様、頑張られましたね」とすごく褒めてくれたが、二人のほうが遥かにいい成績という事実にはあえて触れないでおこう……

「よかったー、これで楽しい私のバカンスが始まるわ」

アンナとミリーも、私が帰るのに合わせて同じ領内の実家に戻るらしい。夏休みこそは楽しくなりそうだ。

夏休みは三人で買い物して、美味しいものを食べて、お泊まり会とかもしたいわね。転生早々大変な思いをしたものの、グスタフも捕まったし学園生活での恐怖体験はもうないと思う。

ルンルン気分でお茶を飲んでいた時、メイドが一通の手紙を持ってきた。

季節の花が押し花となって添えられ、洒落ている。

「ジーク様からです。おそらく、パーティーのお誘いですよ」

メイド達はニコニコと笑いながら、そっとこちらに手紙を差し出す。

手紙の中には、季節の挨拶と、今回のサマーパーティーのエスコートを自分がしてもいいだろうか？　的なことが丁寧に書かれていた。

夏休み前のパーティーのことなんて、テストのせいで、うっかりすっぽりさっぱりと忘れていたわ。

問題は……ダンス。

ダンスなんて、男女ペアで踊るのはフォークダンスくらいしかやったことがない。

メイドに承諾の返事の代筆をお願いして、私は慌てて部屋を後にした。

だってパーティーに参加するのに、さすがに踊れないというわけにはいかないでしょ。

パーティーは夏休みの前日、今からたった三日後である。

もっと早くパーティーのエスコートの手紙を送ってくれたら……と思ったけれど、ジークもテストだったしね。

それに、パーティーの存在をあらかじめ知っていたとしても、テスト勉強と並行してダンスレッスンなど私の成績を考えると無理だったたと思う。

アンナとミリーに泣きついたが、ドレスの打ち合わせがあるらしく、二人とも気もそぞろに相槌を打つばかりだった。

部屋に戻ると、メイドが私にもドレスの打ち合わせがあると目を吊り上げた。

そこからはもう、着て脱いでの繰り返し。

ドレスが決まれば髪型、これが一番難航した。今まではどんな時も縦ロールだったのに、私が縦ロールを止めたからだ。

結局髪型は、小柄なのでフルアップにしたほうがスッキリ見えるという話に落ち着いた。

髪型が決まれば次は頭につける飾りよ！　肌が荒れているからお手入れよ！

……などとしていたら、ダンスの練習などできずに当日を迎えたのである。

私はメイドにより全身を磨(みが)き上げられ、ドレスを着せられた。そして、アンナとミリーのいつもの三人でサマーパーティーのあるホールに到着した。

婚約者のいる女生徒は、パートナーにエスコートされ最初の一曲目を踊る。

婚約者のいないアンナとミリーはそのままホールに入っていき、私は別の待機室に案内された。

部屋の中をちらりと覗(のぞ)くと、私以外の人はすでに男女ペアでいる。

私達みたいに現地集合の人は少ないのかな。あ、そうか。ジークはレーナとできる限り二人きりになりたくないのか……

なんとなくカップルばかりの待機室に一人で入るのは気が引けて、近くの椅子に腰かけた。

今さらジークにレーナとして会うのは嫌だなぁと思うけれど、いつまでも現実逃避はしていられない。

私は意を決して待機室へ入り、ジークを探しながら人を掻(か)き分けて進んだ。

ジークは会場の隅で、一人窓の外を眺めていた。

「お待たせいたしました」

おずおずと声をかけると、ジークがゆっくりとこちらを振り向いた。

せっかくお洒落してきたのだから、社交辞令でもいいからなにか言ってほしい乙女心だ。

「……随分と待ったよ」

ジークは一瞬驚いたように目を瞠った後、ニッコリと笑いつつ囁いた。

「これは失礼いたしました」

「でも、後にしてもらえるかい？」

私が謝ると、ジークは周囲をちらりと一瞥して、すまなそうにそう言う。

パーティーはこれからだというのに、後にする？　どうして？

——あぁ、グスタフとの戦いの後、私の名前は結局聞こえなかったんだ。

だから、ジークは私がレーナだといまだに気づいていない。本当に縦ロールしか見てなかったんだな！

彼は、さすがに婚約者を待っているところに、他の女が来たのをまわりに見られては……と思ったのだろう。

「レーナ・アーヴァイン」

「？」

私がそう名乗ると、ジークは不思議そうに首を傾げる。

「私の名前です。どうかお心にお留めおきくださいませ」

「…………」

ジークは、これまでの自分の失言の数々にようやく気がついたみたいだ。

美しい微笑みこそ崩していないけれど、さすがに言葉が出てこない。

顔に出てないだけで相当テンパっているのだろうな……

私は右手をジークに差し出す。その動作を見て、彼はそっと私の手に自分の手を添えた。

キラキラと光り輝く美しいシャンデリア。

華やかな衣装を身に纏った人々。

美味しそうな食べ物。

楽団の生演奏をバックに、パーティーが始まった。

ダンスというのは距離が近い。

パーソナルスペースに親しくない人間が入るとかすごいな。

ジークはなにか言いたげであるが、私はダンスのせいでそれどころではない。

ジークの足を踏まないように、それらしく動くのに必死である。

まぁ、三回ほど足を踏んづけてしまったけれど、初めてにしては、見よう見まねで頑張ったほうだと思う。

ジークは踏まれると一瞬だけ痛みに反応するものの、なにも言わない。

一曲目はあっという間に終わった。

二曲目が始まる前に、ダンスエリアを後にしようとジークの手を引っ張る。

「もう、踊らないのかい？」

「一曲で十分満足いたしましたし、ジーク様もこれ以上足を踏まれるのはお嫌でしょう？　本日はエスコートしてくださりありがとうございました。では」

さっさとアンナとミリーと合流をと思ったのだが、まさかのジークが私の手を離さない。

「ジーク様……まだ私になにか？」

「少し話さないかい？」

「あの……さすがに今さら取り繕えることはないと思いますよ」

痛いところを突かれ、ジークの目が泳ぐ。それでもジークが私の手を離さないから、仕方なく話すことになった。

ホールの端にはふかふかな椅子がいくつもある。

そこに腰かけて皆歓談しているみたいだけれど、ジークに引かれ、あっさりその前を通り過ぎる。

結局来たのは、先ほどの待機室だった。

ムードに欠けるからか、他に人はいない。

ホールに比べると質素なテーブルと椅子がいくつも並ぶ。

ジークに椅子の一つに座るように促され、私は素直に腰を下ろした。ホールの椅子とは違い長時間歓談するためではないので、少し硬めだ。

さて、ジークはこれからなんと言い訳するつもりなのかしら。それとも図書館の秘密の部屋への入り方が、あのメモじゃわからなくて入れないという苦情だろうか。

あ〜、嫌だ、こういうのって苦手だ。

図書館の秘密の部屋への入り方をどうして知ったのか？　という追及や、前回の事件についての話はまだいい。

私の中にレーナの部分が強く残っているから、恋愛面の話……婚約者の顔を覚えていなかったこととか、改めて謝罪などされたくない。

私に対して散々ひどい扱いをしてきたジークの前で、自分の意思に反して泣いてしまうのだけは避けたい。

ジークには今回の事件で助けてもらった恩はあるけれど、そもそもジークが婚約者の顔を認識してないという、失礼すぎることをしたことが始まりなのよ。

そのせいで、私の中のレーナの部分が決壊して泣いてしまい、恐ろしい腹黒との接点ができ、いろいろあってこうなってしまったのだから。

事件の引き金を誰が引いたかといえば、元の元を辿るとジークにも責任の一端があると思う。

それに、できるだけサクッと終わらせて、私は料理を食べに行きたい。

美味しそうなのがたくさん並んでいたし、デザートはできれば全部制覇したいわ。

「ドレスのラインが崩れるので、一番きれいなレーナ様を皆様にお見せするためにも、お食事を取られるのは、最初のダンスが終わってからにお願いしますね。いいですか？

ダンスが終わってからですよ」

とメイドはやわらかな口調ではあったが、絶対に食べさせてなるものかという感じだったから、私は腹ペコなのよ。

なにか手はないかしら……

ジークは私の隣に座る。そんな何気ない動作すら優雅で気品を感じる。なにかと大雑把な私とは大違いである。

――閃いたわ！

「先日は……」

ジークが話を切り出してきたけれど……

「喉が渇きました」

私がそう言うと、ジークは素早く席を立った。

話の腰をあえて折る。物の見事にぶった切る。

「ここで待っていて」

ジークの言葉に、私はしっかりと頷いてみせる。

私が頷いたのを確認した後、ジークは飲み物を取りにホールに戻った。

私は椅子から立ち上がり、待機室からそっとホールの様子を覗き込む。案の定、ジークは待機室を出てすぐに他の女子生徒に捕まっていた。

婚約者であるレーナが隣におらず、一人なのをこれ幸いと、次々と声をかけられている。

女の子というものは、叶わぬ恋でも思い出というものが欲しいものなのだ。

私は待機室の入り口で上手いこと身体を隠しつつ、自然と頬が緩むのを感じた。

馬鹿め。まんまと罠にかかったわね、ジーク。

やんわりと断っているようだけれど、二曲目以降は婚約者以外とも踊ることができる。ヒロインをはじめ女子達は、この滅多にないチャンスを絶対逃さないだろう。逃すわけがない。

集団の女子の恐ろしさを、身をもって知るがいい。

ゲームで穏やかにジークが歓談できていたのは、悪役令嬢のレーナがアンナとミリーと一緒に、一生懸命虫よけをしていたからである。

不仲との噂を裏づけるように、あれだけジークにご執心でべったりだったレーナが、一曲踊っただけでまさかのジークをリリース。

レーナの取り巻きのアンナとミリーも、囲まれるジークに対して視線を一瞬向けたのみで後は知らん顔となれば、女子生徒達を止めるものはなにもなかった。

婚約者である公爵令嬢レーナという最大の抑止力を失くしたジークは、オオカミの群れに放り込まれたのだ。

視線を横に滑らせると、遠くで押しに弱そうなフォルトが、もみくちゃになっているのも見える。

あちらもダンスを希望している女子生徒と一通り踊るか、時間が来るまでは解放されないに違いない。

かわいそうに……

フォルトはきっと、今夜はご飯を食べることも叶わないだろう。

婚約者以外の女性とは一曲しか踊ることができないというルールがあって、本当によかったね、君達。

しめしめと彼らを眺めているうちに、二曲目の音楽が始まる。

ジークが、一人の女生徒に引っ張られてダンスエリアに行く……というか引きずられているのが見えた。

ニンマリと私はほくそ笑み、待機室に引っ込む。

一度ホールに出てしまえば、後はもう観念して踊るしかない。

一人と踊れば、他の女子はなんであの子と踊って私とは踊らないの！　ってなると思われるので、今日のジークの動きを見事封じることに成功したのだ。

今日さえ終わってしまえば、私は明日の朝一の馬車でアンバー領にトンズラできる。

後は長い夏休みの間に、いろんなことがうやむやになってしまうがいい。

曲が始まりしばらくしてから、私はジーク様は遅いわね、どこかしら……と白々しく待機室から出て、ジークを探す真似をした。

まぁ、どこにいるかわかっているのだけれど。

ジークはずっとこちらの様子を窺って(うかが)いたようで、待機室から出てきた私と距離はあるものの、ばっちりと目が合う。

どう見ても、『女性を待たせておいてなにしているの？』という状況。

計算通りではあるが、あえて冷たい視線でジークを見つめる。しかし、心の中では思いっきり『やったわ！』とガッツポーズした。

内心とは正反対に、心底見損なったと言わんばかりに、止(と)めのため息を一つ吐いてみせる。

私は、通りかかったボーイから淡いピンクのドリンクを受け取った。ジークは明らかに困り顔で、離れた距離から目でなにかを訴(うった)えており、それを眺(なが)めながらゆっくりと飲み干す。

——実に愉快(ゆかい)だわ。

飲み干したグラスをジークのほうに軽く振ってみせて、ボーイに返す。

そして、私はジークから視線をそらし、その場を後にした。

これ幸いと、よさそうな席に陣取って私に手を振るアンナとミリーのもとに向かう。

二人は私の分の料理をしっかりとキープしていて、お礼を言ってから料理を頬張(ほおば)った。

あぁ、パーティー料理ってやっぱり特別。

エビも、牛も、豚も、鶏も、なんの肉かわからないやつも……魚も。

すべての料理が美味しい。奥にあるデザートに、さらに期待が高まってしまう。

カフェの苺パフェもすごく美味しかったものね。

ジークがその後も、チラチラとこちらに意識を向けているけれど、ダンスホールに出てしまった以上、曲が終わるまでできることなどない。

ジークは、曲が終わるとすぐに私のほうに来ようとした。しかしすぐに他の女子生徒に捕まり、再びダンスホールに無理やり連れていかれる。

はい、残念でした。ジーク、今日はもう無理ね。

心の中で高笑いしてすっきりしたら、アンナとミリーがダンスホールを見つめて、そわそわとしているのに気がついた。

そういえば二人は私についていて、一曲も踊っていないのだ。

「私はこちらで美味しい料理を楽しんでおりますから、お二人も楽しんできて」

「「はい」」

私がそう言うと、二人は私から離れ、一人ずつ部屋の隅に立つ。

この世界では暗黙のルールで、集団でいる女生徒をダンスに誘うのはタブーとなっている。一人で壁際にいる時に誘うのがマナーなのだ。

アンナとミリーが壁際に立つと、美人な二人はあっという間に誘われ、男子生徒と一緒にダンスホールのほうに行ってしまう。

ジークのほうは、ウンザリという表情が取り繕えなくなりつつあるけれど、私は助け舟など出さない。

「趣味のいい遊びをなさっているようですね」

ニヤニヤと彼の様子を観察していると、唐突に頭上から声が降ってくる。

話しかけてきたのは黒髪黒目になったシオンだった。

髪と瞳の色を変えたのがよかったのか、上手く断っているのか、シオンはこの容姿でもダンス地獄にはなっていない。

料理の盛りつけられた皿とドリンクをそれぞれ手に持ち、私の隣に座る。

「別に遊んでなんかいませんよ。料理に舌鼓を打っているだけです」

「へぇ～、ジーク様、ずっとレーナ様をチラチラと見ているじゃないですか。僕はだまされないですよ。いったいどんな遊びをしているのか教えてくださいよ」

「別に遊んでいるわけではないです。ジーク様は私に話があったようですが……面倒だったので離れたら、いい感じに他の女子生徒に捕まっただけです」

「なるほど、その様子を眺めて〜」

シオンは私にその続きを促すかのように悪い顔をする。

「……それをつまみに美味しいご飯タベテマス……」

「ホントいい趣味してますね！」

シオン、今日一番の笑顔である。

「もう、ほっといてください。これからデザートを食べるんですから」

「これ以上はマズイんじゃない？　太るよ」

空になった皿に目をやり、シオンが呆れ気味に言う。

「ハッキリそういうこと言わないでください。私だって太るかも……とかはほんのり思っているんですから」

「デザートは別腹とか言うけど、ホントその小さい身体のどこに入れようとしてるんだか。それにしても、こんな面白いことして……レーナ様も人が悪いなぁ。ほら、ジーク様を見なくてもわかるもん。きっとレーナ様と話してる僕のこと睨んでるよ、ゾクゾクするよね」

シオンの口調が敬語からどんどんくだけた素に近いものになる。

彼はジークを煽るためか、ニヤニヤと意地悪な笑みを浮かべて、わざとらしく私との距離を詰めた。

「ヘンタイはあっちに行ってちょうだい」

「僕、パーティーって気分じゃないんだよね。ちょっとだけ付き合ってよ、レーナ様」

シオンはそう言うと、皿とドリンクをテーブルに置いて私に手を差し出す。

「私、踊るのすごく下手よ」

思ってもみなかったシオンからの誘いに、思わず真顔で言ってしまう。

「知ってる、ジーク様の足を何度も踏みつけてたの見てたから。かわいそうだったもん。ダンスじゃなくて、バルコニーのほうで風にでもあたりに行こうよ」

これがダンスの誘いだったら断っていただろう。だが、ここに座って延々とジークが他の女子生徒と踊るのを眺めているのも癪だったから、私はシオンの手を取った。

瞬間、ジークの視線が私の背中に痛いほど刺さるのがわかる。

だけど、それを振り払って私は会場を離れた。

バルコニーには階段がついており、庭園に下りられるようになっていた。

シオンにエスコートされるまま、いつもより高いパーティー用のハイヒールで、ゆっくりと階段を下りて庭のほうに向かう。

開け放たれたバルコニーの窓から、オーケストラの生演奏が聞こえる。

私とシオンのようにパーティー会場を抜け出して、庭園にいる人は意外と多かった。

まぁ、ざっと見た感じ皆さん二人の世界に入ってるんだけど……

「ねぇ、レーナ様。聞いてくれる？」

シオンがこちらを見ることなく、私の手を引きながら真剣な声音で話しかけてくる。

「どうしたのよ？　あらたまっちゃって」

「孤児院さ、なくなっちゃってた」

「……え？」

「事件のことを聴取された時に、孤児院がどうなっているかついでに調べてもらった。僕が入学して一週間も経(た)たないうちに、跡形(あとかた)もなくなってたんだって。魔法省の人の推測だけれど、最初から孤児院は、僕が入学したら潰(つぶ)すつもりだったらしい。ビックリだよね……。孤児院があることが、いずれ僕が教会を裏切るきっかけになるかもしれないから、排除したのかもって……。だから全員もう生きてないだろうって言われちゃった……」

明るいいつものトーンでシオンは淡々と話し、乾(かわ)いた声で笑う。

かける言葉が見つからなかった。

私はシオンと約束したのに、結局シオンが王子暗殺に手を染めてでも守りたかった孤児院を、守ることができなかったのだ。

「シオン、ごめんなさい。私……」

「いいよ。これに関しては完全に僕のミス、想定が甘かった。街で回復魔法を使って稼いだお金を送っていれば、孤児院は大丈夫って思い込んでた。レーナ様と僕が盟約を結んだ段階どころか、そのずっと前に、もう孤児院はなかったんだから。レーナ様のせいじゃないよ」

声色はいつも通りだけれど、シオンの顔にいつもの強気な色はなかった。

なんて言葉をかけていいか戸惑っていると、シオンが話し続ける。

「教会は僕を取り込むために、孤児院を人質に使ったんだから、そういうことも考えないといけなかったのに……僕は、子供だった。心のどこかで、命だけは絶対に取らないって思ってたんだ。僕が受けた命令は王子暗殺なのにさ……。よく考えたら王子暗殺が成功して僕が疑われれば、もう治癒師として学園都市で働けなくなって、孤児院への送金もできなくなるわけだし……僕はまんまとグスタフの手の上で転がされてたってわけ」

シオンが、私の手をぎゅっと握った。

彼の手は震えていて、自分の考えていること、感じていることを言葉に出すことで、一生懸命シオンなりに気持ちの整理をつけようとしているのだと思う。

十三歳のシオンは、家族を失い、独りぼっちになってしまったのだ。

私はシオンの手を握り返す。

すると、シオンはぱっと明るい笑みをこちらに向けた。しかし、それが空元気であることが、私には痛いほどわかってしまう。

「ごめんね〜。僕らしくないよね、しんみりしちゃった。あーヤダヤダ、こういう空気、自分が一番嫌いなのにさ」

シオンは私が握り返した手をすぐ振り払うと、パタパタと自分の顔を手で扇ぎ始める。

「あっ、レーナ様にまともにお礼言ってなかったよね。ありがと。レーナ様のおかげで孤児院ももうないのに、教会のために危ない橋を渡らなくてすんだからね。ホント、今になって、レーナ様が僕を必死に止めた理由がわかるよ。少なくとも、誰かを手にかけることにならなくて、ホッとしてるんだから」

いつもの調子で笑みを浮かべて、シオンは饒舌に話す。

しかし、私は真剣な顔でもう一度シオンの手を、強く、しっかりと握った。

「無理して気持ちをすぐに切り替える必要はないと思うわ。貴方がどれだけ孤児院を大切に思っていたのか、なんとなくわかるから。それに、ここにはカップルしかいないし、誰も私達のことなんか見てないと思う」

私がそう言うと、シオンの顔から笑顔が消えた。

「ちょっとだけ、胸貸して。ペッタンコでも今日は我慢するから」

「誰が貧乳よ！」

怒る私を無視して、シオンが私の肩に顔をうずめた。

「ハァ………………」

深いため息の後、小さく息を詰めるような声が、シオンの口からほんの少しだけ漏れる。私は怒るのを止めて、シオンの背中をポンポンと軽く叩いた。

五分もしないうちに、シオンは私から静かに離れる。

「ありがと」

少しかすれた声でシオンがはにかむ。その目に光るものが浮かぶのを、私は見ない振りをした。

「シオン……。私にできることなら、なんでも言ってね」

「ありがとうレーナ様、『その言葉』、絶対忘れないでね」

あれ、もしかして私、ヤバイ約束したかも……と思ったけれど、時すでに遅し。

ニッと口角を上げて笑うシオンは、間違いなく悪いことを企んでいる顔だった。

「さてと、レーナ様、これあげる」

そう言って、シオンは私の手になにやら硬いものを乗せる。

見ると、私の手の上には、シオンが元々髪と瞳の色を変えるために使っていたアンクレットがあった。

「前はだめって言ってたのに」

「レーナ様はろくに使えないだろうけど、なにかの役には立つかもしれないからね。僕も皆もレーナ様を魔力切れにして蚊帳(かや)の外においたことで、結局あんなことになったのを後悔してるからさ」

こうして私は、髪と瞳の色を変えるアイテムを手に入れた。

『テテレテッテッテー』と、アイテムを手に入れた時の音楽が脳内で鳴る。

さらに魔力を増やすアイテムさえ購入すれば、私でも使えるようになるかもしれない。

「ありがとう」

「よし、じゃあ、ぐるっと庭をまわって、いい雰囲気のカップルの邪魔をしてから会場に戻るとしますか～」

にんまりと悪い笑顔で、シオンは彼らしい悪魔のような提案をする。

「ふふっ、なによそれ……すごく面白そうね。わかりました、今日はお供いたしましょう」

「よし、まずは右前方三十メートル。木の陰(かげ)で寄り添うカップル発見」

夜目が利くシオンは、すぐにどこに向かうか私に指示を出す。

「まぁまぁまぁ。木の陰にはいったいなにがあるのかしら」

それに私も悪い顔をして、にんまりとほくそ笑みつつ、口元を手で隠す。

「行くよ～」

シオンがご機嫌な調子で、私の手を引いた。

「ええ、いい雰囲気のやつらに目に物見せてやりましょう」

「ホント、レーナ様っていいご趣味してるよね」

ぷっと小さく噴き出した後、そう口にしたシオンを、私は軽く睨みつける。

「提案してきたシオンが言っていい台詞じゃないと思うけど」

そんな私の顔を見て、シオンは楽しげに笑ったのだった。

庭を一通りまわってホールに戻ると、『婚約者じゃない僕と、あまり長く一緒にいるところを見られるとマズイから』と、シオンはさっさといなくなった。

そういうところは常識人なんだよなぁ。

アンナもミリーもフォルトもジークも、皆踊っている。

私って学園で案外知り合い少ないわ。

ダンスは踊れないから、誘われるのを待って壁際に立つわけにもいかない。

いつまでも料理ばかり食べて本当に太れば、メイドが間違いなく目を吊り上げて怒る。

貴族のお約束である挨拶まわりも、学園のパーティーでは一切なしだし。私は結局、ドリンクを手にとぼとぼと人のいない待機室に戻ってきてしまった。

窓ガラスに近づくと、映り込んだ私と目が合う。

メイドに全身を磨かれ、髪を整え化粧をしても、褒めてくれる相手はいない。ちょっと虚しい。

せめてダンスが踊れたらなぁ。そしたら、誰か踊ってくれた人が、御世辞でも褒めてくれたかもしれない。よし、夏休みの間に絶対練習しよう。

窓から外の景色を見るのにも飽きて、近くにあった硬い椅子に座る。スマホがあればと思うけど、この世界にないものは仕方ない。とりあえずダンスの反省をして、時間を潰すことにした。

もっとこう、そっと踏み出したらよかったのかしら。そもそもステップがわからないのが問題よね……。こうだっけ？

誰もいないのをいいことに、立ち上がりうろ覚えで動く。

レーナはさすがに踊れたのだろうし、ここまでできないのは早めになんとかしないと、と考えていた時だった。

「遅くなった」

背後から、ふいに短い一言がかけられた。

振り向かなくても、声で誰かわかってしまう。

まだパーティーが終わるには少し時間があるはず。いったいどうやってあのダンス地獄から抜け出したというのか、そもそも抜け出すことをまだ諦めてなかったのか。

振り返ると、案の定ジークが、私が先ほど飲んでいたのと同じドリンクを持って立っていた。

「私もさすがにそこまでバカではないので、念押しに来なくても理解していますよ。あれだけ囲まれたら、ダンスを断わるのは難しいでしょう」

本当はジークと話したくなくて私が嵌めたのだが。

「すぐに戻るつもりだった。信じてもらえないかもしれないけれど、ちゃんと断ったんだ」

それも知っている。だってジークが断るのもすべて見ていたから。

……なんとなく先延ばしにしていたことを、決行する時が来たのだ。

ジークとのフラグをへし折る絶好のチャンスが。

『お嬢様として楽しく生きるにはジークに関わってはいけない』

今一度、自分の目的を心の中で復唱し、私はゆっくりと口を開いた。

「先日の事件で助けていただいたことは、本当に感謝しています。これからは私も自分の立場をわきまえますから、どうかこれ以上わざと傷つけようとしないで」

これは本心だった。

婚約者であるにもかかわらず顔も覚えてもらえず、ずっとひどい扱いを受けてきた。その度に、私の中のレーナが傷つき、涙を流していたのだ。

なんとかヘラッと笑って見せると、ジークの視線が宙をさまよう。

彼の本心をレーナが知ることは、本来なかったことだ。ジークが動揺するのも無理はない。

「私は貴方の望む距離におりましょう。ドリンク、ありがとう。でも、もうすでにいただいたので結構です」

私はジークからグラスを受け取らず、彼の横を通り再びホールへ戻ろうとした。

その瞬間、パリンとグラスの割れる音が部屋に響き、ジークが私の手を掴(つか)む。

驚いて振り返ると、ジークが私を真剣な表情で見つめていた。

「話を……どうか最後まで」

というか、ジークが私を引き止めるために持っていたグラスを離したせいで、私のドレスにドリンクがかかっているではないか。

「ドレスが……」

確かなんとかって高い布を使い、なんとかってすごいデザイナーが、貧相な胸を上手いことカバーするデザインで作ってくれたと、メイドが遠まわしに言っていた。しっかりと説明を受けたんだけど、一つも正確に覚えてなかったわ。『なんとか』だらけだ。

ただ、私はこれを気に入っていた。

シミになる？　シミは落とせるの？　とか、もうこれじゃホールに出られないじゃない……という言葉がグルグルと頭の中をまわる。

呆然と立ち尽くす私のドレスを、ジークが素早く高そうなハンカチで拭く。

高そうなハンカチにもシミが広がるものの、汚れが取れることはない。

「すまない、新しいものを後日――」

「そんなものいらない」

キッと睨みつけジークの手を振り払った。

これでは、ホールにはもう戻れないわ。

私はホールには向かわず、出口に向かって歩き出す。

「レーナ」

ジークが私の名前を呼ぶ。

「ついてこないで」

私は後ろを振り返らず、小柄な身体を活かして、人の間を縫うように歩いてパーティー会場を後にする。パーティーのクライマックス目前ということもあって、汚れたドレスを着た私に注意を向ける人などいない。

確か出口の近くに小さな噴水があったはず。行くあてのない私は、とりあえずそこを目指した。

スタイルが少しでもよく見えるようにと、普段より高いヒールを履いていたから足が痛い。

「まったく、この靴、歩きにくいのよ！」

人がいないのをいいことに靴を脱ぎ捨て、ドレスの裾をたくし上げて先へ進む。

石畳と芝生は素足でも歩ける。まめに手入れしている庭師に感謝だわ。

無駄だとわかっても、噴水に足を入れ、ドレスの裾をもみ洗いしてみる。

夏前でよかったわ、まだ水が少し冷たいけれど平気。

一生懸命洗ったから汚れは少し薄くなったが、やっぱりきれいには落ちない。

せっかくお洒落したのに、ラストダンス前に一人ぼっちで噴水でもみ洗いとか、ほんと私ったらなにをしているのかな。

泣きそう。もう、いい加減シミ落ちてよ。漂白剤でもあればきれいに落ちたかもしれないのに。

「……レーナ」

噴水のすぐ近くでジークの声が聞こえた。

あーもう、なんでついてくるなって言っているのに来ちゃうかなぁ……

「あっちに行って」

「レーナ」

「ほっといて……」

泣くな、泣くな、泣くな。

泣いたとしてもジークはきっと受け入れるだろう、心の中では面倒だな、と思いながらも。

その時、背後でジャブッと音がした。驚いた私が振り返ると、ジークが革靴と靴下を脱ぎ、ズボンの裾を折り噴水に入っている。

「なにを考えているの！　貴方まで汚れるわよ」

ずつ。

ジークは迷うことなく私のほうに歩いてくる。右手を私に伸ばして、ゆっくりと一歩

「こうしないとそっちにいけない」

……来ないで。私のことなんか放っておいてよ。

「夜風は冷える。それにまだ水遊びには向かない時期だ。風邪を引く」

そう言う間も、ジークは私との距離を少しずつ詰め、私はそれに合わせて後ろに下がる。

「レーナ」

ひどく甘い声で名前を呼ばれた。でも、そんな声、今さら聞きたくない。

「お願い。今日は一人にさせて」

今は靴も履いてないし、ドレスの裾はびちゃびちゃで、ひどい恰好をしている。

「一緒に帰ろう」

そんな私の願いを無視して、ジークは微笑を浮かべながら、また一歩、私に近づいた。

耐えられなくなった私は、ジークに背を向けて走り出す。もちろんあてなんかない。

でも、噴水を出て数歩進んだところで、私は身体強化をしたジークにあっさりと捕まり、お姫様抱っこされてしまう。

「下ろして、離して」

いやいやと首を振り、彼の腕の中で暴れる。

「落ち着いて」

「落ち着いているわ！」

感情のままに口から出た声は、思っているよりずっとずっと大きかった。

ジークが私に手を上げることはないだろうと、やたらめったら両手を振りまわして必死に抵抗する。

「あーもう」

ジークが少し苛立った様子で呟いた次の瞬間、私の唇になにかやわらかなものが触れた。

はっとなって見ると、私の目の前にあの大層美しい顔があるではないか。

さすがに、なんで今？　なんで私に？　どうして？　と抵抗していた手が止まる。

「……なんで……」

唇が離れて、思わず疑問の言葉が口からこぼれ落ちた。

「なんでって、それは……」

街でジークに聞いた言葉が頭の中をグルグルまわる。

『婚約者のことは好きですか？』

『好きだよ。彼女がアンバー領の公爵令嬢である限りね』

最低だ。

私はもうキスされないように口元を右手で覆(おお)う。

ジークからのキスは、レーナにとって特別だった。ずっとずっとレーナが望み、本編では最後まで一度もしてもらえなかったのだから。

なのにちっとも嬉しくなくて、惨(みじ)めで、悲しくて、とうとう涙がポロポロと溢(あふ)れたのだった。

レーナは自分に首ったけのはずだった。

随分(ずいぶん)と前に、他人と見分けやすいからと褒(ほ)めた髪型を、律儀(りちぎ)に毎日セットして会いに来るほどに。

他の女の子とちょっと親しくすれば、ヤカンのようにカンカンに怒って、取り巻きとともに女の子に突っかかっていくくらい自分に惚(ほ)れていたはずだったのだ。

最近姿を見かけないのだって、てっきりちょっと親しげにした女子生徒に、ちょっかいを出しているからだと思っていた。

だから、キスをすれば黙る。あやふやになる。どうせ私に惚れているのだから。

現にキスをしたら彼女の抵抗は収まり、『これでよし』と目を開けた時――私は自分の考えの浅はかさに気づかされた。

彼女は信じられないと言わんばかりに目を大きく見開き、震える手で口元を押さえた。

その瞳から溢れたのは、どう見ても嬉し涙ではない。絶望という言葉が相応しい顔とともに、私の腕の中でポロポロと静かに泣き始める。

「レーナ」

咄嗟に呼びかけると、びくりと彼女の小さな肩が跳ねた。

「すまない。君を怯えさせたかったわけでは、ただ落ち着いてほしくて……」

「……髪もドレスもお化粧も頑張っても、褒める言葉すら浮かばない女性を落ち着かせるために、このようなことまでなさるのですね」

俯き加減でぼそりと呟いたレーナ。

少し崩れた髪型は複雑な編み込みで束ねられており、真珠のピンがところどころアクセントとして飾られている。膝あたりにまだ薄らシミが残るドレスも、レーナの体型を上手くカバーし、とても似合っていた。

化粧は見るも無残な状態だが、思い返すと皆つけている、流行りの色の口紅をつけていたはずだ。

「あっ…………」

言葉が出てこない。今の彼女の状態では、褒められるところは一つもないからだ。

「どうか、今日は……もうお許しください……」

もう、私はレーナを噴水の縁に座らせ離れるしかなかった。

遠くでラストダンスの音楽が聞こえる。

最後の曲が終われば、皆ここを通り帰るだろう。

こんな恰好のレーナをこのままにしておくわけにはいかない。けれど、レーナはもう私が触れることを拒否するに違いない。どうする……

するとレーナは靴を履き、噴水の水で顔を洗い出す。それから自分のハンカチを取り出すと、顔を拭き立ち上がった。

「この姿では皆に心配をかけてしまうので、先に部屋に戻ります。ごきげんよう」

ちらりとこちらを冷たく一瞥して、レーナは寮の方向に歩き出す。

そう言われても、こんな状態で一人帰せるはずもなく、私は少し距離を空けてとぼとぼと後ろをついて歩いた。

彼女は私に気づいているようだがなにも言わない。しかし、寮に着いた途端立ち止まった。私はいったいなにを言われるのかと身構える。

彼女は小さくため息を吐いてこちらを振り返り、私に向かって歩いてくる。そして、私の腕に自分の手をそっと添えた。

「うちのメイドは心配症ですの。話を合わせてくださいね」

短い距離エスコートして歩くと、レーナがドアをノックする。ややあってドアを開けたメイドが、レーナの姿を見て目を見開いた。

「どうしたのですか、レーナ様！」

「ドリンクをこぼしてしまいました」

「だからあれほど気をつけてくださいませと……」

「いや、私がこぼしてしまったんだ。後日代わりのものを……」

「……っ！　これはジーク様！　失礼いたしました」

私がドアの隙間から顔を覗かせると、おそらくいつもこんなふうにレーナを窘めているだろうメイドが、ヤバイという顔になる。

「ジーク様、もう部屋に着きましたので大丈夫です。おやすみなさい」

「おやすみ。明日時間を……」

私が食い下がると、レーナは困った顔で首を横に振った。

明日時間をくれというジークに、私は首を振る。だって明日から私はアンバー領へ帰るのだもの。

ジークよ、アディオス、アミーゴである。

かたくなに拒否する私に、言葉を詰まらせるジーク。そんな彼を前に、私は静かにドアを閉めた。

メイドは風呂の準備をしたり、アンナやミリーより先に帰ってきてしまったことで、二人が心配しないよう使いを出したりと、てんやわんやしていた。

ドレスを勝手に下洗いしたことを、私は当然メイドに怒られた。

それはもうこっぴどく、「ジーク様の前でそのようなことをするだなんて！」と散々に。

『噴水で洗いました』とか言ったらさらに怒られかねないので、どこで洗ったかは黙っておく。でも、早めに洗ったことでシミにならないかもと、言っていた。

忘れかけていたけれど、私にはＬＵＣＫＹネックレス様があるのだ。ドレスの汚れを落としたい、という願いなど簡単に叶うことだろう。

それから私は入浴をすませ、部屋のベッドに腰かけた。ちらりと部屋の隅に視線をやると、メイドが荷造りしてくれたトランクが並び、その上には麦わら帽子がちょこんと載っている。

私が長期で部屋を空けるということで、家具は一見ちっとも汚れも傷もないのに、私の旅立ち後、塗装がはげている部分がないか確認の上、修理されるらしい。

メイドが毎日磨き上げていることもあり、本当にきれいなんだけどな。

「富裕層がお金を使わないと経済がまわりません。ですから、公爵令嬢として、下々の者に仕事を与えるという意味でも、お金を適度に使うことも大切なのです」

そう言われてしまうと、私にはなにも言えることはなかった。

ちなみに、ここにいるメイドやコック達はアンバーに帰らない。

旅費がかかることもあるが、私がいない間、きちんと部屋を管理し磨き上げる人間が必要だからだ。カーテンも新調すると言っていたので、冬バージョンの部屋がどんな仕上がりになるのかとても楽しみである。

聞いたところによると、故郷のアンバー領へは馬車で四日間もかかるらしい。

ゲームでアンバー領を訪れたことはないし、名前しかわからないから、どんなところか楽しみだわ。

珍しい鉱石が採れるとか？　美味しい野菜や果物がたくさんの農業地帯とか？　あー、わくわくしちゃう。

それにしても前期の最後の最後で、レーナとは絶対にキスしないだろうと思っていたジークが、自らキスをしてくるなどとは思ってもみなかった。

黙らせるためだけに、好いてもいないレーナに、弱冠十三歳で割り切ってキスできるとは……末恐ろしい。

キスすれば、なぁなぁになるだろうと思っていたのだろうな……馬鹿め……

『えっ、思っていた反応と違う』って目が語っていたわ。あんたの魂胆なんてばればれなのよ！

まあ、明日にはどうせここからトンズラする。後は時間が解決してくれるでしょ。今日のことはシオン同様、イケメンと棚ぼたキスできてラッキーだったと割り切ることにしよう。

そうしましょう、深く考えるのは止めよう。

そうそう、あれほど顔面偏差値の高い人物からキスしてもらう機会など、もう二度とないだろうし。

理由はどうあれ、ごちそうさまでした！

私はふかふかのベッドに横になった。思わずトランクの上に置いてある麦わら帽子を見て微笑んでしまう。

明日は早いのだもの！　おやすみなさい。

……しかし、私は遠足前日の子供のようになかなか寝つくことができなかった。

何度か寝返りを打ってみるものの、眠れない。あと半刻もすれば日付も変わってしまう。なにか本でも読もうかしら。最悪馬車で眠ればいいものね。

ランプを灯し、ろうそくより明るい光がぽうっと室内を照らす。

出窓にランプを置き、メイドがいつでも飲めるようにと用意してくれていた紅茶をカップに注ぐ。それを手にして、ふかふかの一人掛けの椅子に腰かけた。

恋愛小説を読んでいると、突然どこかから『コツッ』と音がした。

「なんの音かしら」

コツッ。

またしたわ！　本を閉じ、音の出所はどこかと耳を澄ませる。

コツッ。

また！　三度あったということは、この音はたまたまではなく、誰かが意図して鳴らしている可能性が高い。……でもいったいどこから？

コツッ。

四度目で、この音は私がランプを置いている出窓の外から聞こえているのだと気づいてしまった。

こんな夜更けに何度も窓になにかをぶつける人物……

無視すべきなのかしら……うん、ここは無視しましょう。

だって私は明日からバカンス。変に厄介事に巻き込まれて、支障をきたすわけにはいかないものね。

でも、どんな人がぶつけているのか気になってしまうのも事実。この好奇心がよくないと思いつつ、私は怖いもの見たさで、出窓のほうにおそるおそる近づく。

すると、『コツッ』という音が止まった。

あぁ、間違いなく私に用がある人物な気がする。

そして、残念なことに、この深夜の時間帯に訪問しそうなやつに心当たりがある。

シオンか、シオンなのか……？　でも、この時間にわざわざ来なければいけない用事ってなによ？　やっぱり厄介事？

私はなぜ灯りをつけてしまったのだろう。素直に目を瞑(つむ)ってベッドで横になっていれば、さすがに部屋にまでは来なかっただろうに。

そっと出窓を開け、小さな声で問いかける。

「……誰？」

返事はなかった。

ランプの灯りを右手に持ち、下を照らすがよく見えない。

……最近いろいろあったから過敏(かびん)になっていたかもしれないわ。

虫が灯りに引き寄せられて、出窓にぶつかっていただけかも。もうすぐ夏だもの。羽虫くらいいるわよね。

せめて空が雲で覆(おお)われていなければ、月明かりで下に誰かいるかどうかくらいは確認できたかもしれない。

「雲がなければよかったのに」

「私もそう思う」

私が呟いた瞬間、誰かが私の声に返事をした。

「――っ⁉」

急いで外を見渡すが、暗闇の中に人の気配はない。

第一、私の部屋は五階である。私の独り言に返答があるはずがないのだ。

まさか部屋の中にすでに侵入された？

背筋に冷たいものが伝うのを感じながら、後ろを振り返り部屋の中をランプで照らす。

……誰もいない。

ランプで照らされた室内に伸びるのは私の影のみ。

じっと自分の影を見つめていると、雲が晴れたのか窓から月の光が差し込んでくる。

その瞬間、足元に伸びていた影が、私のもの以外もう一つ現れた。

あぁ、やはり灯りなんてつけずに、眠る努力をすればよかったのだ。

「このような時間にいったいなんの用でございますか？」

私は影の主に向けて語りかけ、ゆっくりと後ろを振り返った。

「ジーク様……」

出窓には、本来この部屋にいるはずのない人物――ジークが座っていた。

月光に銀髪をきらめかせ、こちらを見つめるその姿は、まるで映画のワンシーンのようだ。

「ごきげんよう、レーナ」

さて、本当にこんな時間になにをしに来たのだろうか。

別れた時の様子から、なんとしても私達の関係を修復したいということはわかっていたけれど、夜中に訪問するパターンは想定していなかった。

完全に油断していた。

なにを考えているの？

無意識にランプを持つ手に力が入ってしまう。

無言で彼を見つめていると、ジークが顎に手を当てて意外そうに囁く。

「ここは五階だから、もっと驚くと思った」

なにを言い出すのかと思えば……

「十分驚いております。建物を登る才能までお持ちとは意外でした」

わざとらしくため息を吐いて、嫌味をお見舞いする。すると、ジークはクスクスと笑った。

「部屋に入っても構わないかい？」

「そういうのは部屋に入る前に聞くべきです」

「正式な手順を踏んだら、君は理由をつけて断っただろう。違うかな？」

確かに断るなり、予定を入れるなり、あえて出かけるなりしたと思いま……す……

実際、明日から思いっきり逃げるつもりでしたよ。

「深夜の異性の訪問など普通は断りますよ」

「明日は断られてしまったからね。断られていない今日のうちに会えばいいと思って」

「……そもそも、私がジーク様にしばらく会いたくないのはわかっていましたよね？」

飄々（ひょうひょう）とした態度でまったく悪びれないジークに、私はニッコリと微笑みかける。私の顔をまっすぐ見据（みす）えて、彼は真剣な表情を浮かべた。

「誤解はなるべく早く解きたかった。だから、どうやったら君が話を聞いてくれるか考えていたんだ」

確かにこれでは話すしかない。ジークが一枚上手だったというわけだ。

「部屋に入っても構わない？」

再度ジークは同じ質問をした。私は観念して、ジークを部屋に迎えることを決心する。

しかし、部屋の中には荷造りが終わったトランクがあるのだ。これを見られて、明日からアンバー領にトンズラするのがばれたら面倒なことになるかもしれない。

「私がそちらに行きます。この部屋は寝室ですので、殿方を座らせるようなところはありませんから」

私はゆっくりとジークのほうに歩き、彼の目の前まで近づいた。

相変わらず端整な顔立ちである。

レーナだって、そこそこ恵まれた容姿をしている。

まぁ、ちょいちょい努力の成果もあって、この白い肌を維持しているわけだが……なまじジークが婚約者となり、隣に並ぶことになったものだから、変に気合が入って縦ロールになってしまっただけだ。

もう半歩踏み出して、ランプを持っていない左手をジークに伸ばす。

ここは五階だもの、ジークの存在が幻という可能性もあるかもしれない。ホログラムのようにジークを映し出す魔道具の可能性だってあるのだ。

ジークの頭には届かないけれど頬には届きそう。

さらに手を伸ばして、そっとジークの頬に触れてみる。温かい。本物だ。

「なに？」

ジークは訝しげな表情で私を見つめた。

「本当にここまで登ってきたんですね。これが夢ではないのならばですが……」

私がそう言うのを聞いて、ジークは困ったように笑う。

さて、これで後ろのトランクは見えにくくなったし、ジークも私に完全に気を取られている。

せっかくだから、このままセクハラを続行してみよう。もしかしたら、嫌になってさくっと帰ってくれるかもしれない。

「あっ、どうぞ。お話ししてくださって結構ですよ」

ジークに続きを促すが、私は無駄にツンツン、プニプニ、すべすべとやってみる。

その時、ゆっくりとジークの手が動いた。

『なんだ、やり返す気か！』と身構えたけれど……ジークの手が悪戯をする私の手に重なった。

「驚いた？」

ジークは呆然と固まる私にそう言って、得意げに笑う。

「先ほども言いましたが、驚いておりますよ」

「その髪型は初めて見る」

彼はちらりとレーナの髪に目をやった。

「寝る前ですからね、ほとんどの女性は下ろしていると思いますよ」

なんだそれは、ということを言われ内心呆れてしまう。

「可愛いよ」

パーティーでの反省を踏まえたのだろう、ジークは社交辞令を覚えたみたいだ。

「それはどうも」

そっけなく返事をして私は下を向いた。

それからさらになにか言ってくると思っていたのに、ジークは一向に話さない。

ん？　と思ってジークを見上げると、なぜか彼は目を伏せて、耳まで赤くなっていた。

いったいなに？　なにがあったの……。私は特段変な返事をしてないと思うのだけれど。

『可愛い』って一言私を褒めるだけでそんなに照れる？　もしかして、レーナは褒めたらだめルールがあったとか？

「どうかしまして？」

理由がわからなくて尋ねるものの、ジークはなにも答えない。

彼の手も、ジークの頬に触れた私の手の上に重ねたままだ。

寝ていたのだから、もちろん私はパジャマを着ている。

ふわっとしたやわらかい素材で、踝まで覆う白のワンピースだ。最近は暖かくなってきたから、けっこう薄手である。

これも、なんたらっていう貴族に大変人気のデザイナーが作ってくれたものだ。ワンピースの下には、膝上までの濃いピンクのキャミソールみたいなやつを着ていた。

……私は気がついた。なぜジークが真っ赤になって固まったかということに。

なんということでしょう、私が持っているこのランプの灯りを近くで当てると……あら不思議。

上に着ている薄手のパジャマは薄らと透けて、中の身体にわりとぴったりのキャミソールが透けているではありませんか。

ランプに照らされた私の身体は、肩からウエスト、おしり、そして薄ら足のラインまでのシルエットが映し出されていた。

まさに夜の匠。

レーナの乳はアンナやミリーと比べてささやかだが、ただ、一応ほんの少しは女性らしく膨らんでいるのである。

見せるつもりのない時に、見せるつもりのないものを見られるというのは恥ずかしい。

どうする……今灯りを遠ざけたら、私のこの辱めは終了する。けれど、それ即ち、ジークがなにに反応したか、私が気づいていることが伝わってしまう。

……待って。もしかしてこれは、ジークを体よく追い出すチャンスではないかしら。

ランプの灯りを上げ、ジークの顔を照らす。

「いかがいたしました？　気分が優れないのですか？」

私はそれっぽく心配そうな表情を取り繕う。

「いや……、大丈夫」

短く答えるものの、ジークの顔はまだ赤い。

「でも、顔が……真っ赤ですし」

一番触れてほしくないだろうところにあえてガッツリと触れる。

「そんなことは」

ジークはそう言って一瞬私のほうを見ると、また恥ずかしそうに目を伏せた。

ほんの少しの女性特有のふくらみは、見事威力を発揮した。

背伸びをしているようで、ジークもまだまだ思春期の子供である。

「今日は部屋に戻って休まれたほうがいいのでは？」

「あぁ……」

ジークはコクコクと素直に頷いて、立ち上がった。

私の勝ちだ。

でも、パジャマとランプの取り扱いは今後気をつけよう。うん、気をつけよう……

「危ないから、窓からではなく、普通にドアから帰ってくださいませ」

私はジークの頬から手を離し、ランプの灯りを消す。灯りがなくなったことで、薄ら透けていた私の身体のラインは見えなくなった。

ランプを先ほどと同じように出窓に置き、ジークに右手を差し出す。

「メイドに見られたらパニックになりますから、お静かにお願いしますね」

ジークは差し出された手を握ると、出窓から下り、ドアから私の部屋を後にした。

「おやすみなさいませ。ジーク様」

「おやすみ、レーナ」

そんなやり取りの後、ジークは大人しく帰っていき、私はすかさず出窓の鍵を締めて眠りについたのだった。

昨晩はレーナへの失言などを挽回するつもりが、余計に気まずくなるという事態になってしまった。

レーナは、思いのほかしたたかな女性だったみたいだ。王子暗殺事件を止めるために、見事に私を利用したのだから。

まぁ、噂にすぎなかった、図書館の秘密の部屋への入り方を知ったのは大収穫だったが……

今までよく理解しているつもりだった彼女の別の一面に、乗馬訓練も身が入らず、久々にいまいちな日となるくらい、私は戸惑っていた。

自室に帰るべく歩いていると、昨晩登ったレーナの寮の近くを通りかかり、なんとなく五階にある彼女の部屋を見上げた。

身体強化をしていたとはいえ、よくあそこまで登ったものだと自分で自分に感心してしまう。

しかし私は見上げてすぐ、おかしさに気づいてしまった。レーナの部屋にだけカーテンがない。昨晩は間違いなくカーテンが引かれていたはずだ。なにかがおかしい。

まだ時刻は朝の八時すぎ。今日から夏休みということもあり、寮では家に帰る人達が慌ただしく準備をしていた。

寮の前には荷物を運ぶ業者がずらりと並び、メイドや従者達が、主人の荷物が正しい馬車に積み込まれているかとピリピリしながら見張っていた。

私は不安を覚えつつ寮に入る。いつもとは違い、大きなトランクがいくつも廊下に並び、人の間を通り抜けて五階にあるレーナの部屋へ向かう。

下階の慌ただしさとは打って変わり、身分の高い生徒が住む五階は静寂に包まれていた。すでに荷物は馬車に優先的に積まれたのか、廊下にはトランクもなければ人もいない。

急ぎ足でレーナの部屋にまっすぐ向かうと、部屋の扉が開いていたので、そっと中を窺ってみる。

昨晩は動揺していてあまり覚えていないが、確か扉から入ってすぐはダイニングだった。

しかし部屋にはテーブルも椅子もカーテンもなにもなく、空き部屋のごとくがらんとしている。

「……は?」

化かされたような気持ちになって、思わず口からそんな声が漏れた。

昨晩、確かにこの部屋には家具があったはずなのだ。私は呆然としながら部屋へ入り、中を見回した。

どういうことだ、なにがあった? と、さすがにうろたえる。

キッチンには調理器具の一つもなければ、以前彼女がお気に入りだと言っていたティーポットも見当たらない。お風呂場も空っぽで窓が開けられ、空気の入れ替えをしている。

昨日お邪魔したレーナの寝室もドアが開け放たれ、ベッドもソファーもテーブルもランプも、すっかりなくなっていた。衣装室にもまったく服がかけられていない。

ここまで、メイドも誰一人姿が見えなかった。

……レーナは忽然と姿を消したのだ。

夏休み期間中、レーナがどこかへ向かうなんていう話は聞いていないし、もしどこかに行くとしても、家財道具まですべて一緒に持っていくことなどないだろう。

それに彼女は夏休みの間学園に残ると思っていた。だって、昨夜までここは普通の部屋だったから。化かされた？　いやそんなはずはない。

レーナのことは、確かにこれまであえて関心を持とうとしなかった。だが、まさか学園からいなくなるとは……

なにが起こっているのかさっぱりわからないが、レーナの部屋にいつまでもいるわけにもいかないと、その場から離れた。

そうだ、学生部だ……。学生部では学生の管理がすべて行われているはずだ。

そこでレーナの部屋について問い合わせればいい。しかし、学生部の返答は予想外なものだった。

「その部屋はちょうど空き部屋になっていますね。部屋の移動のご希望でよろしかったでしょうか？」

職員は私の返答を待たずにさらに続ける。

「ジーク様の今のお部屋ですと、月々の支払い額もあまり変わらないですね。手続きをしていただければ、すぐにでもご利用できますよ」

空き部屋だと……本当にどうなっている？

私は「検討します」と言って、学生部を後にした。

何一つわからない。どういうことだ……

今さらながら王子暗殺事件のことを思い返す。

レーナは私よりずっと前に、この事件を知り動いていた。

これではまるで、事件が解決し王子の無事を確信したから、もう自分は必要ないとレーナが学園から消えたようではないか。

確かにレーナの魔力量は低い。そのため、公爵令嬢という身分なのに、学園で落ちこぼれの下級貴族や庶民が多いクラスに在籍している。

成績も秀でているわけでもなく、平均より下のほうで、レーナの友人二人のほうが遥かに成績がよろしいときた。

強い魔力を持つ者は学園に来て、王家のために学ばなければいけない。

しかし、中には魔力量が少ない者に無理をさせ、万が一事故などで亡くなっては……と考え、魔力を持っていても、入学規定ぎりぎりであれば学園に行くことを辞退する貴族もいる。貴族同士だって、魔力量が低い者が学園に行かないことは責めないし、魔力がない人向けの学園だってあるのだ。

ただ、レーナの実家――アーヴァイン公爵家は『王の忠犬』と呼ばれるほど王家に忠誠を誓っていた。

王子の暗殺計画を知った公爵と夫人は、王子を守る駒として彼女を学園に入学させたのかもしれない。いくら魔力が乏しくても、王子の盾になることはできるだろう、と。

だが、そうは言ってもレーナの両親は娘を溺愛している。王子暗殺計画が潰えた今、無理に身の丈に合わない学園に通わせる必要はないと考えたのだろうか。

馬に一緒に乗りたいと、よく言っていたレーナ。

あの頃は適当に相手をしていたので、よく顔を思い出せない。

一度くらいは乗せてあげてもよかったかもしれない。

思い返してみると、事件が終わってからというもの、楽しげに笑う顔が私に向けられることはなかった。

取り繕った笑顔、冷めた目でこっちを見ている顔、逆切れして怒っている顔、そして昨夜のような困った顔ばかりだ。

彼女の笑顔が見たい……

「——いや」

なにを今さら、相手はあのレーナだ。らしくない。

私は先ほどの思いを振り払うように首を振った。

エピローグ

「レーナ様、五時になりました。お目覚めになるお時間でございます。今日はとてもいいお天気ですよ」

そう言って、メイドは寝室のカーテンを開ける。窓の外に目を向けると、雲ひとつない、まさしく旅行日和のいいお天気だった。

そうだ。今日から、楽しみにしていたバカンスの始まりだったわ。私は慌ててベッドから飛び起きた。

「もう、レーナ様。そんなに慌てなくても、まだ十分時間に余裕はございますよ」

私の様子を見た別のメイドが、クスクスと笑いながら私の身支度を始める。

水を含ませたやわらかなタオルで顔を拭いてもらい、髪を丁寧にとかれる。

「身支度の途中にすみませんが、ご報告をさせていただきます。レーナ様の手荷物の積み込みが完了いたしました。また、アンナ様、ミリー様の手荷物も積み終えたと先ほど報告がございました。お二人はおそらくですが、後三十分ほどで身支度を終えられると思われます。朝食ですが、いつもよりも早いお時間ですので軽めのものをご準備させていただきました。身支度が終わり次第、リビングのほうで配膳を始めます」

「ありがとう」

メイドの報告に、ニッコリと笑って返事をする。

昨日まで積まれていたトランクの代わりに、白のレースをふんだんに使ったワンピースと、華奢なデザインのミュール、籠バックに麦わら帽子とアクセサリーケースが出されていた。

そうでした、今日から夏休みで学園を離れるのだから制服を着なくてもいいんだわ。

この衣装を見るだけで、夏休みが始まったんだって気持ちがどんどん高まってくる。

私はワンピースを手にくるりと一周まわった。

「後、これは提案なのですが。この部屋と同格のお部屋に空きがあるようなので、引っ

越しをなさってはいかがでしょうか？」

メイドは真剣な顔で、るんるんと鼻歌を歌う私に提案した。

グスタフが私を探して寮の部屋をあちこちノックしてまわったことは、さすがに私の耳にも入っている。

今後いつまた教会側の人間が学園内に現れるかわからないのに加え、私の部屋の場所があちらにばれている可能性は高い。レーナの安全を守るためにも、メイドとしては私に引っ越してほしいのだと思う。

まぁ、どうせバカンスに行く間、この部屋の家具もすべてメンテナンスに出されることだし、私にはこの提案を断る理由などない。

「わかったわ。私は今日から不在になるけれど、手続きよろしくね」

「はい、かしこまりました」

「あっ、そうだ。新しい部屋は、私が夏休みを終えて帰ってくるまでに整えてくれればいいから。貴女達もこの部屋から新しい部屋へ荷物の移動を終えたら、夏休みを取ったらどうかしら？」

「「「よろしいのですか！」」」

私の部屋にいたすべてのメイドが、私に向かって声を揃えて叫ぶ。

「ええ」

彼女達の勢いに押された私が、苦笑を浮かべて頷くと、メイドは満面の笑みで飛び跳ねていた。

それから私は、ワンピースに着替えて軽食をいただいた。いつもの朝のようにアンナとミリーが呼びに来たので、私は二人と一緒に部屋を後にする。

レーナになってしまってから、この短い期間にいろいろあったなぁ。

仲が悪かったフォルトと和解したことをはじめ、シオンが私と血の盟約を結んだことで、王子暗殺事件のシナリオが大幅に変わった。

結果として、ゲームでは知り得なかった、事件の真犯人に辿り着いたものの……グスタフが部屋に来た時、正直私の人生もう終わったと思ったわ。

それにまさか、レーナと不仲であるジークが、あの土壇場で本当に口約束を守り駆けつけてくれて、最後まで私を背に戦ってくれるとは……

ジークが私に聞きたいことがあるのはわかってる。あえて無視するようで悪いけれど、今日から学園が休みになるってことは、神様が私の味方をしたってことよ。うん。

というわけで、難しいことを考えるのはやめやめ。

楽しい楽しいバカンスに出発よ。

アンバー領に着いたらなにをしようかしら？　まず、アンナとミリーとショッピングでしょう。

それに観光もしないとね。初めて行くのだから。

あと忘れちゃいけないのが、美味しいものを食べること！

お金があるって素晴らしい。欲しいものを我慢しなくていいし、体重さえ気をつければ、食べたいものも全部食べられるのだから。

いろいろお世話になった部屋に別れを告げ、私は「乗り合わせて帰ったほうが楽しいわよ」と、アンナとミリーとともに馬車に乗り込んだ。

学園都市から出てすぐに、馬車の小窓を開けて、ぐるりと学園都市を囲む高い城壁を目に焼きつける。

ヒロイン、夏休みの間はバイトを頑張ってね。お金を貯めてアイテムや装備品をしっかり買うのよ。

ジーク、悪く思わないでね。逃げるが勝ちってことも世の中にはあるのよ。

フォルト、アンバー領は私が貴方の分まで、アンナとミリーと一緒に楽しんでくるからね。

シオン、貴方のことはちゃんとお父様にも言ってあるし、教会が借り上げていた寮（りょう）の部屋の代金も私がメイドに言っておいたわ。居住費に関しては私……いや私の家が払うから心配しないでね。

皆、アディオース、アミーゴ！

これで、厄介事（やっかいごと）に巻き込まれない私の夏休みの始まりよ！

わくわくが止まらず、自然と笑みがこぼれてしまう。

「レーナ様、なんだか楽しそうですね」

ミリーにズバリ指摘される。

「ええ、アンナ、ミリー。せっかく補講もなく、アンバー領に帰れるのですから、思いっきり楽しみましょうね！」

「「はい、レーナ様」」

いつも通り息ピッタリの返事をする二人。

そんな大好きな友人に満面の笑みを向けながら、私はとりあえず持ってきたクッキーを食べるのだった。

書き下ろし番外編

魔法使いらしいことがしたい！

乙女ゲームの舞台となる、『王立魔法学園』は魔力を持つ生徒が集められた学校である。

そう、『魔力を持つ生徒』が集められた、いわゆる魔法学校なのだ。

魔法への憧(あこが)れがある人は多いと思うの。

もちろん私もその一人。

ファイアーボールとか、ウィンドカッターとかダイヤモンドダスト！　とか。

魔法が使えたら、こう一度くらいはゲームや漫画のように、やってみたいと思うじゃない？

だけど、せっかく魔法がある世界にもかかわらず、今の私ことレーナが使える魔法は緑の魔法。

魔力を送ると植物を成長させることができるという、実に、実に……魔法がある世界にもかかわらず、映えのない華やかさに欠ける地味なものオンリーでありました。

しかも魔力量がとても少ないから、ちょっと花を咲かせるだけで、『ふんぬううう』くらいの気合がいる残念仕様！

私、アンナ、ミリーの三人組で、魔力感知の授業以降も、魔法はとても大事なことだからと合同練習をしているのだけど。

二人との落差がひどい、いやここまでくるとむごい。

アンナの魔法は火。魔法ってこれよねというイメージ通り。火球を出現させ狙ったところを、ちょっと加減が上手くできないようで大規模にドーン！

ミリーの魔法は水魔法で、ふわふわと空中に水の球を出現させるのだけど、二人とも使っているときの『魔法使えるんです』感がすごい。

「魔力量が少ないのは仕方ないにしても、もっとこう地味じゃない魔法が使えたらよかったのに……」

魔法を使う授業でアンナとミリーが思いっきり魔法使いです！ってしている間の私ときたら……

魔法を使う他の皆様のお邪魔にならないように、隅のほうで花壇や庭に植えてある木なんかに魔力を『ふんぬううっ』と送って、こうパッとやるだけというね。

これじゃない感っていうのかしら、それがすごいのよ。

もっと魔法が使えることを私も実感したい！　実感したいのよ。

一発で、私魔法使っているわと思えるようなやつ……

そこで、私が思い出したのは箒だ。

魔法使いと言えば箒に乗って空を飛ぶ。

ということで、さっそく私はアンナとミリーに質問してみた。

「ところで、箒に乗ったりはしませんの？」

アンナとミリーが、きょとんっとした顔になった。

「………ホ、ホウキですか？」

二人は顔を見合わせた後、かなりためて、アンナは私が言った『箒』というワードを復唱した。

「レーナ様、『ホウキ』とはなんでしょう？」

ミリーが困った顔で私にそう聞いてきた。

もしかして、二人ともそもそも箒を知らない？

レーナは超が三つも四つもつくお嬢様、そのご学友であるアンナとミリーも相応の家のお嬢様。

お金持ちの家には、メイドさんがいたり、ハウスキーパーさんがいたりして、掃除を自分ではしない。

そういえば私もこの身体に転生して、掃除をしたことは一度たりともない……

「あの、掃除の際に使用する……」

私がこんな感じとジェスチャーをすると。

「あぁ……掃除用具の箒のことを言われていたんですね」

ミリーはそう言ったものの、困った顔でアンナと顔を見合わせた。

……魔法使いといえば箒と思ったけれど、二人のリアクション的にこの世界、魔法はあっても、もしかして――箒で空を飛ばない？

確かに、ゲームの描写で箒に乗って空を飛ぶなどということは、一度もなかったけれど。

まさか箒で空を飛ばない？　箒で空は飛べない？　この空気をどうしようと思っていたら、アンナの顔がパッと華やいだ。

「乗れる……箒……乗れる……あぁ！　レーナ様が言われているのは、暴走箒のことでは？　ミリーも聞いたことがあるでしょう？　…………ほら七不思議の」

動きそうな感じがプンプンする情報をアンナは絞り出してきた。

「あっ……あぁ。学園七不思議の一つの。そういえば聞いたことがありますわ！」

七不思議といわれてミリーにも心当たりがあったようだ。

「乗れる箒は七不思議の一つにあるんですの？」

とにもかくにも、乗ることで空を飛べる箒はあるのかどうかよ。

「えっーと私もあまり詳しくないのですが、昔の学生が『魔法使いは箒で空を飛ぶべき』ということで、膨大な魔力を使った風魔法を無理やり魔法陣によって展開して、空を飛ぶことができる箒を作ったそうなんです！　レーナ様がお尋ねの物はこれかもしれません」

アンナは答えられたことに、ほっとしているようだった。

「ですが、箒は魔力の消費が激しい上に、飛べるには飛べるけれど、陣での制御など普通の学生にできるはずもなく。暴走して危ないので、学園のどこかに封印されたそうです。その作り方や封印された場所、封印の解き方は、これまた七不思議にある『秘密の部屋』と呼ばれる書庫にあるらしいんですよ～」

ミリーはさらに暴れる箒について補足してくれた。

秘密の部屋は歴史上到底、表には出せないことが書かれた本がしまわれている部屋である。これは実際にゲームでも存在していた。

秘密の部屋があるということは、暴走箒もありそうだけど――乗れる気がしない！

ただでさえ私の魔力量は少なく、魔力を大量に消費する箒になど乗れるはずもない。

はぁ、私やっぱり魔法使いらしいことできないじゃない。

「あの、レーナ様。そろそろ薬学の授業に向かわないと遅れてしまいます……」

アンナがおずおずと私にそう告げた。

薬学の授業！　そう私にはまだ薬学の授業があったじゃない。

小さくなったり、水の中で呼吸ができたり……透明になったりしたらどうしよう。

これだわ！　私が求めていた魔法使いらしさ。ちゃんとあるじゃない。

魔法薬学では魔力を使う工程はないし。

きちんと作ることができれば、私でも魔法使いらしい体験ができる！

薬学の授業、待ってなさい。私が完璧に調合して魔法使いらしいこと体験してみせるんだからね。

とはいえ、薬学の授業は眠いものである。

薬草は正直どれも全部同じように見えるし……とか言っている場合ではない！

しっかり勉強して、ちゃんとファンタジーらしいことをするのよ！

「であるからして～、色が淡い紫色に変わったら温度を三度下げて……」

まじめに受けようとは思うのだけど、先生の話し方が単調で眠くなる。

それでも、眠さを振り切り、先生の話を聞き漏らさないよう真剣に取り組んだ。

そして、いよいよその時は来た。

実際に薬品を作るチャンスがやってきたのだ。

丸形フラスコに材料を入れる。なんかもうこれだけで、それっぽくてテンションが上がる。

「レーナ様は薬学の授業がお好きなんですね。私いつも眠くなってしまって」

ミリーはそう言ってため息を吐いた。

わかるわよ、ミリー私も何度夢の世界に入りそうになったことか。

いや、ちょっと入っていたかも……

でも、私のファンタジーはこれからなのよ。

薬学において温度管理はすごく重要なものになる。教科書とメモを参考に、ずれがなるべく出ないように真剣に授業に取り組んだ。

ぽわっという音がしてフラスコの口から、薄紫色の煙がドーナツのように飛び出した。

完成の合図だ。

フラスコの中の液体は、紫色でラメが入ったようにキラキラと輝いて、まさに飲んだら効果がありそうな感じがプンプンする。

えっと、私が作った薬ってなんなのかしら、調合に夢中でなんの薬かはちっとも気にしていなかったわ。

でも、記念すべき第一号だもの。

そうねぇ……これが、透明になる薬だったら……

攻略対象者の顔を拝（おが）みに行きたいわね。

そうね……フォルトにはパフェをおごらせた時に会ったし。

後は婚約者のジーク？

放課後、馬場に行けばかなりの確率で会えるけれど、日中の行動パターンは割と謎なのよね。

ジークとは関係がなさそうな図書館で恋愛イベントが起こったりするし。なんで図書館の付近をうろついていたのかとか、気になっていたのよね。

なにか弱みでも握（にぎ）れればこちらのもの、そうしたら……目を閉じてイメージする。

「まぁ、ジーク様このような秘密がございましたのね」

「レーナ……どうしてそのことを……」

「おかしいと思っておりましたの。黙っていてほしければ、穏便に婚約を破棄してください」

「――知られてしまったなら仕方ないね……」

妄想の中のジークの顔からはいつものやわらかな笑みが消え、ひどくひどく冷たい声が響いた。

「ひいいい⁉」

妄想の中のジークが、まるでゲームのバッドエンドのように動いてゾクリとした。

ジークルートにはバッドエンドはないんだけど。そもそもヒロインとジークが結ばれたらレーナにとってはバッドエンドなわけで……

うん、ジークには余計なことはしないでおきましょう。

それからシオン。

実際は腹黒だし、サイコパス的なキャラだけど、顔は可愛いのよね。

あの天使の皮を被った悪魔の面を拝(おが)みに行くのも悪くないわよね……

目を閉じて、近くでこっそりシオンを見るイメージをしてみる。

「覗(のぞ)き見なんて趣味が悪いんじゃない？　あぁ、見えないなら、いなくなってもわからないよね。ご愁傷様――――ゲームオーバー」

「ひいいい⁉」

ハッ、ダメだイメージしてみたけれど、全部バッドエンドになる！

妄想はおしまいにして、授業に戻りましょう。

「ところで、アンナこれはなんの薬なんですの？」

「腹痛を治す薬です」

「腹痛？　腹痛ってあの。お腹が痛くなる？」

「ええ、治癒師が少ないので、治癒師不足を補うためにも薬学の授業は重要ですよね」

ミリーはそういって微笑んだ。

「透明になる薬とか、動物に変身する薬などは？」

「そんな悪事に利用されそうな薬は、学園では学ぶことができませんよ！」

困った顔でアンナはそう言った。
・ヒロイン、近づきません。
・攻略対象者、近づきません。
・魔法使いらしいこと、できません↑ｎｅｗ
そんなぁ……、もう後はお金に糸目をつけずに、美味しいものを食べるしかないじゃないって、まぁ、それはそれで悪くないわね。

新感覚ファンタジー
RB レジーナ文庫

乙女ゲーム世界で、絶賛飯テロ中!?

レジーナブックス Regina

婚約破棄されまして（笑）1〜2

竹本芳生　イラスト：封宝

定価：704円（10%税込）

ある日、自分が乙女ゲームの悪役令嬢に転生していることに気づいたエリーゼ。テンプレ通り婚約破棄されたけど、そんなことはどうでもいい。せっかく前世の記憶を思い出したのだから色々やらかしたろ！　と調子に乗って、乙女ゲーム世界にあるまじき料理をどんどん作り出していき——!?

詳しくは公式サイトにてご確認ください
https://www.regina-books.com/

携帯サイトはこちらから！ 

瀬尾優梨
望まれた政略結婚
元敵国の将軍様が初恋の人で旦那様!?
特別書き下ろし番外編収録!
レジーナ文庫

レジーナブックス
Regina

本書は、2019年8月当社より単行本として刊行されたものに書き下ろしを加えて文庫化したものです。


この作品に対する皆様のご意見・ご感想をお待ちしております。

おハガキ・お手紙は以下の宛先にお送りください。

【宛先】

〒150-6008 東京都渋谷区恵比寿4-20-3 恵比寿ガーデンプレイスタワー 8F
(株) アルファポリス　書籍感想係

メールフォームでのご意見・ご感想は右のQRコードから、
あるいは以下のワードで検索をかけてください。

アルファポリス　書籍の感想

ご感想はこちらから

レジーナ文庫

悪役令嬢はヒロインを虐めている場合ではない 1

四宮あか

2021年12月20日初版発行

文庫編集－斧木悠子・森順子
編集長－倉持真理
発行者－梶本雄介
発行所－株式会社アルファポリス
〒150-6008 東京都渋谷区恵比寿4-20-3 恵比寿ガーデンプレイスタワー8階
TEL 03-6277-1601（営業）　03-6277-1602（編集）
URL https://www.alphapolis.co.jp/
発売元－株式会社星雲社（共同出版社・流通責任出版社）
〒112-0005 東京都文京区水道1-3-30
TEL 03-3868-3275
装丁・本文イラスト－11ちゃん
装丁デザイン－AFTERGLOW
（レーベルフォーマットデザイン－ansyyqdesign）
印刷－中央精版印刷株式会社

価格はカバーに表示されてあります。

落丁乱丁の場合はアルファポリスまでご連絡ください。

送料は小社負担でお取り替えします。


ISBN978-4-434-29705-2 C0193